Narrativa del Acantilado, 310
LA DANZA DEL SOL

ISABEL ALBA

LA DANZA DEL SOL

BARCELONA 2018 ACANTILADO

Publicado por
ACANTILADO
Quaderns Crema, S. A.

Muntaner, 462 - 08006 Barcelona
Tel. 934 144 906 - Fax. 934 636 956
correo@acantilado.es
www.acantilado.es

ISBN: 978-84-17346-31-7
DEPÓSITO LEGAL: B. 22744-2018

AIGUADEVIDRE *Gráfica*
QUADERNS CREMA *Composición*
ROMANYÀ-VALLS *Impresión y encuadernación*

PRIMERA EDICIÓN *noviembre de 2018*

CONTENIDO

Las personas no son capaces de decirse nada unas a otras, mas sí de contarse todo.

BERNARD VON BRENTANO,
citado en una carta de Walter Benjamin

Al principio creó Dios los cielos y la tierra. La tierra estaba confusa y vacía, y las tinieblas cubrían la haz del abismo, pero el espíritu de Dios estaba incubando sobre la superficie de las aguas.

Dijo Dios: «Sea la luz»; y hubo luz. Y vio Dios ser buena la luz, y la separó de las tinieblas; y a la luz llamó día, y a las tinieblas noche, y hubo tarde y mañana, día primero.

Dijo luego Dios: «Haya firmamento en medio de las aguas, que separe unas de otras». E hizo Dios el firmamento, separando aguas de aguas, las que estaban debajo del firmamento, de las que estaban sobre el firmamento. Y así fue. Llamó Dios al firmamento cielo, y hubo tarde y mañana, segundo día.

Dijo luego: «Júntense en un lugar las aguas de debajo de los cielos, y aparezca lo seco». Así se hizo; y a lo seco llamó Dios tierra, y a la reunión de las aguas, mares. Y vio Dios ser bueno.

Dijo luego: «Produzca la tierra brotes de hierba verde con semilla, y árboles frutales cada uno con su fruto, según su especie y con su simiente, sobre la tierra». Y produjo la tierra brotes de hierba verde, cada uno con su semilla, y árboles de fruto con su semilla cada uno. Vio Dios ser bueno; y hubo tarde y mañana, día tercero.

Dijo luego Dios: «Haya en el firmamento de los cielos lumbreras para separar el día de la noche, y servir de señales a estaciones, días y años; y luzcan en el firmamento de los cielos, para alumbrar la tierra». Y así fue. Hizo Dios los dos grandes luminares, el mayor para presidir el día, y el menor para presidir la noche, y las estrellas; y los puso en el firmamento de los cielos para alumbrar la tierra y presidir el día y la noche, y separar la luz de las tinieblas. Y vio Dios ser bueno, y hubo tarde y mañana, día cuarto.

Dijo luego Dios: «Llénense las aguas de animales, y vuelen sobre la tierra aves debajo del firmamento de los cielos». E hizo Dios los grandes monstruos del agua y todos los animales que bullen en ella, según su especie, y todas las aves aladas, según su especie. Y vio Dios ser bueno, y los bendijo, diciendo: «Creced y multiplicaos y henchid las aguas del mar, y multiplíquense sobre la tierra las aves». Y hubo tarde y mañana, día quinto.

Dijo luego Dios: «Brote la tierra seres animados según su especie, bestias, reptiles y vivientes de toda especie». Y así fue. Hizo Dios todos los vivientes de la tierra según su especie, las bestias, según su especie, y todos los reptiles de la tierra, según su especie. Y vio Dios ser bueno.

Díjose entonces Dios: «Hagamos al hombre a nuestra imagen y a nuestra semejanza, para que domine sobre los peces del mar, sobre las aves del cielo, sobre las bestias, y sobre toda la tierra y cuantos animales se mueven sobre ella». E hizo Dios al hombre a imagen suya, a imagen de Dios lo hizo, y los hizo macho y hembra; los bendijo Dios, diciéndoles: «Creced y multiplicaos, y henchid la tierra; sometedla y dominad sobre los peces del mar, sobre las aves del cielo, y sobre todo cuanto vive y se mueve sobre la tierra». Dijo también Dios: «Ahí os doy cuantas hierbas de semilla hay sobre la faz de la tierra toda, y cuantos árboles producen fruto de simiente, para que todos os sirvan de alimento. También a todos los animales de la tierra, y a todas las aves del cielo, y a todos los vivientes que sobre la tierra están y se mueven, les doy para comida cuanto de verde hierba la tierra produce». Y así fue.

Y vio Dios ser bueno cuanto había hecho, y hubo tarde y mañana, día sexto.

Así fueron acabados los cielos y la tierra y todo su cortejo. Y rematada toda la obra que había hecho, descansó Dios el séptimo día de cuanto hiciera; y bendijo al día séptimo y lo santificó, porque en él descansó Dios de cuanto había hecho y obrado.

Éste es el origen de los cielos y la tierra cuando fueron creados.

Génesis 1 y 2, 1-4

VIERNES

El mejor día en que se levanta el sol es el viernes. Es el día en que fue creado Adán, el día en que entró a los jardines del Paraíso, el día en que fue expulsado de allí, y también el día en que murió. En viernes tendrá lugar la Resurrección.

Hadiz atribuido a Mahoma

EL VIAJE

El paisaje es más o menos el mismo durante todo el camino. Campos amarillos salpicados de edificaciones irregulares. Hoteles solitarios en tierra ocre con algún camión aparcado en la puerta y un cartel que anuncia: BAR. Un pueblo, a lo lejos, de casas apiñadas, primero grises, más tarde blancas, como encogido sobre sí mismo. Fábricas, gasolineras, un taller de reparaciones. Coches por todas partes. Y cuando el aire empieza a oler a húmedo y a sal y a rachas a pescado podrido, los rascacielos. Edificios de color naranja, gris, verde, altos, de formas inimaginables, pegados a veces los unos a los otros, a veces solitarios, casi perdidos en la nada, que se yerguen contra un cielo sin nubes. De las ventanas cuelgan prendas de ropa, sobre todo toallas y bañadores, que ondean tiesas, resecas por el sol. Entre los edificios, sobre los campos pelados, detrás de las fábricas y los hoteles, aparecen, de pronto, como piezas de un puzle aún por montar, pedacitos azules irregulares, tan discordantes con el resto del paisaje como si los hubieran arrojado ahí por error.

Es el mar.

Playas doradas
Cremas solares

Tumbonas

Colchonetas de colores
Latas de cerveza
Sombrillas

Chiringuitos

EDIFICIO ACUAZUL. PLANTA DÉCIMA. PUERTA 7B

TAMER AL-ZAHAR: 20 AÑOS. ESTUDIANTE DE GRADO MEDIO EN HIGIENE BUCODENTAL

Limpia el Kalashnikov cuidadosamente con un trapo. Lo siente frágil, perdido entre sus manos, como si pudiera resbalársele en cualquier momento y estallar en pedazos contra el suelo. Va vestido con un pantalón de chándal azul, con dos finas rayas blancas verticales en la parte externa de cada pernera, y una camiseta blanca con el escudo del Real Madrid. Antes era del Real Madrid. También Abdu, su hermano mayor. Su padre no. A su padre nunca le gustó el fútbol. Está sentado en una silla de madera oscura delante de la ventana de la habitación. Al otro lado se extiende un paisaje árido, estéril como el desierto, sobre el que se levantan apiñados, disputándose el espacio, edificios tan altos como el suyo, todos diferentes y al mismo tiempo iguales. El exterior que lo rodea se parece a su cabeza, que está clara y confusa al mismo tiempo. Su cabeza es un revoltijo de luz y de sombras. Deja el trapo en la mesa. La mesa está cubierta con un pedazo de hule blanco. Hay una mancha redonda, de café, en el sitio en que esa misma mañana ha posado la taza. Piensa en un pájaro. Un pájaro muerto. Como los que mataban a pedradas cuando eran niños. Quizá lo que lo lleva a confusión son esas imágenes que lo asaltan para escapársele antes de que pueda aferrarlas. Como el pájaro. Sombras. Se sobreponen sobre la luz. Pero no duda. La realidad es el círculo marrón del café reseco sobre el hule blanco. No el pájaro. Pone una mano en el cristal de la ventana. La extiende abierta. El cristal está caliente. Cuando ha quitado la mano de encima del Kalashnikov para posarla en la ventana, ha sentido aún más su peso sobre las rodillas. Lo ha apretado con fuerza entre las piernas, para que no resbale y se estrelle contra el suelo. Está frío. En los balcones del edificio de enfrente, en los balcones de los edificios que se yerguen a su derecha y a su izquierda, hay ropa tendida. Se balancea al viento. Toallas de colores, bañadores, ropa interior, sábanas estampadas. Hay ventanas abiertas y ventanas cerradas. Cortinas echadas, persianas a medio bajar. Sabe que, aunque no lo vea, el mar se esconde tras los edificios. El mismo mar que circundaba su barrio. El mar en el que chapoteaba de niño. En su barrio también se apelotonaban edificios de diferentes tamaños y colores, no eran tan altos, pero estaban todavía más pegados los unos a los otros, casi empujándose para hacerse sitio. También en su barrio había ropa tendida en las ventanas. En la suya la colgaban todos los días sus hermanas. Aisha, la más pequeña, tenía que ponerse de puntillas como una bailarina para alcanzar la cuerda. El pájaro no existe. Sólo la mancha de café sobre el hule blanco. Afloja las piernas, coge el Kalashnikov con cuidado con las dos manos y lo deja sobre la mesa. Se levanta. Estira las piernas. Recorre la habitación a grandes zancadas. No lleva zapatos, sólo unos calcetines de deporte blancos bastante sucios. En la habitación, además de la mesa con el hule blanco y la mancha circular de café y la silla en la que estaba sentado hace un momento, hay otra silla, de plástico negro, y un sofá de escay rojo con desgastados almohadones estampados, sobados por cientos de cuerpos que se acomodaron en ellos antes que el suyo, una mesa baja de cristal y, enfrente, en la parte central de un aparador vacío, un televisor ancho y pesado, de los antiguos. Mientras camina, hace recuento de todas las casas en las que ha estado con su hermano en los últimos meses. Los baños en los que se ha duchado. Las camas en las que ha dormido. Las sillas en las que se ha sentado. Mira el móvil. Vuelve a la mesa. Coge el Kalashnikov con cuidado y lo guarda en el armario, envuelto en una manta, junto a las mochilas. Se pone las zapatillas de deporte, sale al descansillo y cierra la puerta del apartamento con llave. Se mete la llave en el bolsillo del pantalón y llama al ascensor. Mientras espera, cuenta el dinero que aún le queda y se pregunta cuánto tardará en volver su hermano. Las puertas se abren. Entra y pulsa el botón de la planta baja. Las puertas se cierran. Dentro no está el pájaro. Sólo su rostro revolotea tenso y serio en el espejo.

CARRETERA DE LA PLAYA

FAMILIA MOSCARDÓ TORRES. VEHÍCULO: SEAT IBIZA GRIS METALIZADO. FINANCIACIÓN: 8 AÑOS 174 EUROS AL MES. PLAZOS PENDIENTES: 72

Mireia busca el mar desde el asiento trasero, juega a encontrárselo detrás de las tapias de una larga fila de chalés adosados mientras el aire, que entra a raudales por la ventanilla que tiene abierta de par en par su hermana Lidia, le levanta mechones de pelo castaño que le golpean, como un látigo, la nariz chata y le obligan a cerrar los ojos, redondos y oscuros. A Mireia le gusta que el viento le dé con fuerza en la cara y le corte la respiración como si estuviera dentro de un enorme secador. Suda y el delfín estampado en su camiseta se pega a su cuerpo, arropándolo. La voz chillona de su hermano pequeño la devuelve al interior del coche. Héctor quiere jugar a buscar coches amarillos entre los que pasan en dirección contraria. Mireia no le hace caso, sus ojos recogen al vuelo una pieza de un azul potente y eléctrico sobre un pedregoso descampado salpicado de hierbajos. Lidia ni siquiera levanta la cabeza del móvil, teclea a toda velocidad con los dedos gordos. Tiene las uñas cortas, pintadas de morado, a juego con las flores de un estrecho vestido de tirantes bajo el que asoman unas piernas delgaduchas cubiertas de un vello fino y rubio. Se ha quitado las sandalias, que reposan abandonadas en el suelo del coche. Paloma, en el asiento delantero, piensa que debería volverse y regañar a sus hijas por no entretener a su hermano pequeño, pero le puede la pereza, ese estar en silencio sin nada que hacer dejándose llevar por la inercia, atrapada en la quietud de la rutina rota durante dos días, y se limita a encender la radio. Cambia de emisora hasta que encuentra música. Conoce la canción, pero no tiene ganas de hacer el esfuerzo de tararearla. A su lado, Antonio, despreocupado por lo que sucede a su alrededor, esboza sin querer una sonrisa mientras conduce recordando su caña nueva de pescar, que viaja en el maletero. Descienden una calle empinada y estrecha, mal asfaltada, bordeada de arbustos de adelfas. Su olor dulzón y un poco empalagoso le llega a Mireia mezclado con el recio aroma de los pinos que se perfilan en la lejanía y que la devuelven al pueblo de sus abuelos maternos, donde siempre pasan el mes de agosto, y a un calor distinto, áspero y pesado en lugar de pringoso. Al fondo de la calle está el mar. Cautivo entre edificios.

Mireia recoge otro pedazo de azul de entre los rascacielos.

CARRETERA DE LA PLAYA

FAMILIA MOSCARDÓ JIMÉNEZ
VEHÍCULO: CITROËN C4 PICASSO
AZUL ELÉCTRICO. FINANCIACIÓN: 5 AÑOS
248 EUROS AL MES. PLAZOS PENDIENTES: 54

Salpicaduras de reproches y amenazas. Borbotones de palabras, unas más altas que otras, arrojadas como dardos contra el adversario. Discuten siempre. Sobre cualquier cosa. Sobre todas las cosas. Da igual lo que diga Rocío, Manolo responde a la contra. Da igual lo que diga Manolo, Rocío responde a la contra. Pilar fija los ojos a ratos en el cristal sobre el que hay estampado el excremento seco de un pájaro y a ratos en los edificios que salpican el paisaje. Va callada. Desde que no tiene casa, le gusta pensar que son suyas aquellas por las que pasa. Se imagina en su interior rodeada de todas las cosas que tuvo que tirar cuando murió su marido, que se llamaba Antonio como su hijo mayor, y hubo que dejar la casa, la pensión que le había quedado no daba para cubrir los gastos. Nuria, su nieta, va también callada, se acuerda de esos dos chicos que ha dejado en el barrio, al alcance de sus amigas, todo el fin de semana. Se consuela pensando que al menos volverá morena y se mira el escote, blanco, salvo por una peca oscura, sobre el que cuelga una fina cadena con la inicial de su nombre en plata. Debajo se entrevé el comienzo, suaves montículos pálidos, de dos pechos apenas recién nacidos.

LA LLEGADA

Los dos coches giran hacia la izquierda desgarrando las ramas de las adelfas. Una nube de flores rosas aletea en el aire y se posa, poco a poco, en el asfalto mientras tuercen a la derecha y entran en el aparcamiento de un edificio blanco, en forma de U, coronado con un letrero luminoso, apagado a esas horas, en el que pone HOTEL.

PASEO MARÍTIMO

TAMER AL-ZAHAR

Se compra una bolsa grande de patatas fritas y una Coca-Cola y se sienta sobre un murete bajo ribeteado de adelfas. Hay poca gente en la playa. Son las cuatro de la tarde. Hace demasiado calor. Aplasta entre los dedos algunos pétalos rosas. Las hojas de las palmeras brillan verde oscuro. A lo lejos resalta un edificio, encallado como un buque en la playa. Es más alto que los que lo rodean. Lo corona un letrero de hotel. El único de la zona. Lo observa unos segundos. Luego se recuesta contra el tronco de una palmera y abre la bolsa de patatas. Las devora más por ansiedad que por verdadera hambre. Vuelve a preguntarse, inquieto, cuándo vendrá su hermano. Cierra la bolsa. Las patatas están demasiado saladas. Es como si masticara estropajo. Deja la bolsa sobre el murete y abre la Coca-Cola. Se la bebe de un trago. Eructa. Estruja con fuerza la lata y busca con los ojos una papelera. No hay ninguna cerca. Deja la lata a su lado, sobre el murete, junto a la bolsa de patatas. La playa es estrecha y está cubierta de gruesos guijarros. Las olas estallan con fuerza en la orilla. Recuerda otras playas acariciadas por el sol. Arenas tostadas y suaves. Esbeltas palmeras. El agua es fresca. Mansa. Recuerda otras playas sembradas de cadáveres. Mueve la cabeza para ahuyentarlas. Se levanta, va hasta la papelera más cercana y arroja en ella la lata aplastada y la bolsa de patatas medio consumida. Vuelve al murete. Se recuesta de nuevo contra la palmera. Cierra los ojos. Se deja arrullar por la brisa.

«CHECK-IN»

El hotel se construyó en 1975. La fecha está grabada en una placa de metal en la entrada. Cuenta con doscientas cincuenta habitaciones repartidas en cinco plantas. La última reforma se realizó en 2007.

Las habitaciones altas y con vistas al mar son las más caras. Acostumbran a reservarlas extranjeros.

La clientela de fin de semana está formada en su mayor parte por familias de la zona. Algunas de ellas muy numerosas. Hasta tres generaciones con todas sus ramificaciones. Suelen ocupar las habitaciones de los primeros pisos, las más baratas, a las que, pagando un extra, es posible añadir una o dos camas supletorias o una cama y una cuna.

Es viernes y los recién llegados se amontonan en el mostrador de recepción. Los dos recepcionistas y el director no dan abasto para atenderlos.

—Por sólo veinte euros más, podemos trasladarles a habitaciones superiores, en los pisos altos.

Alguien pregunta si las habitaciones de arriba dan al mar o a la piscina.

—Tienen vistas al pueblo o al aparcamiento, como las de los primeros pisos, pero son más espaciosas y los baños están reformados.

Se lo piensan un instante. Calculan si pueden gastar mejor esa suma de dinero durante el fin de semana, y acaban quedándose con las habitaciones que tenían reservadas. Pero, a partir de entonces y hasta que se van, se adueña de sus rostros una sombra de decepción. Quizá se avergüenzan de su credulidad al confiar en que, durante dos días, iban a disfrutar de una vista diferente al paisaje urbano al que están acostumbrados.

—Tienen que hacer el *check-out* antes de las doce del mediodía del domingo, pero por únicamente tres euros más por persona pueden alargar su estancia hasta las cuatro de la tarde.

Ahí no dudan. Hay que aprovechar al máximo la inversión hecha en el fin de semana. Lo aceptan todos.

Entonces les piden la tarjeta de crédito.

Se ponen, siempre, a la defensiva.

—Está todo pagado
Lo pagamos por Internet

o

—Está todo pagado
Lo pagamos en la agencia

El personal del hotel los tranquiliza.

—Es por su comodidad. En el hotel pueden consumir cuanto quieran sin llevar dinero encima. Basta con que den el número de habitación. Se lo cargaremos en su tarjeta de crédito cuando hagan el *check-out.*

Respiran aliviados. Entregan la tarjeta. No piensan que el primero del mes siguiente tendrán que abonar todos los gastos que hagan.

Después, tras preguntar el horario del desayuno, que está incluido en el precio de la habitación, y encargar una paella para el domingo en el bar-chiringuito, se dirigen al ascensor con todos sus bártulos llamando a gritos a los niños.

HOTEL SOLYMAR
HABITACIÓN 525. QUINTA PLANTA

THOMAS MÜCKER: 62 AÑOS. INGENIERO DE LA CONSTRUCCIÓN. PREJUBILADO. ESPECIALIDAD EN DISEÑO DE ASCENSORES. DIVORCIADO. UN HIJO

A la derecha, un islote gris. En el horizonte maniobra un velero.

Thomas está sentado delante de la cristalera de su habitación. Enfrente se extiende el mar Mediterráneo. En la terraza hay una mesa redonda y dos sillas blancas. Sobre una de las sillas ha tendido su bañador azul marino y sobre la otra, la toalla de playa alquilada al hotel. Si sale al exterior y gira la cabeza a un lado y a otro, sus ojos tropezarán con las dos alas laterales del hotel y los bañadores y toallas de los otros clientes extendidos, como los suyos, sobre las sillas de todas las terrazas. Si mira hacia abajo, se encontrará con la piscina y el bar. Y, aunque desde su balcón no pueda verse, un poco más allá, a la izquierda, sabe que está el escenario y, detrás, el jardincillo de tierra, sombreado por algunos árboles, en el que juega a petanca. Hace tres meses, después de pasar dos semanas sin encontrar un motivo para salir de casa, Thomas se decidió a ir al médico. Le diagnosticó un trastorno de ansiedad social y un principio de depresión. Desde entonces, toma diez miligramos de Escitalopram con el desayuno, y medio miligramo de Lorazepam con el desayuno, la comida y la cena. Si no puede dormir, aumenta la dosis de Lorazepam a un miligramo. Está mejor. Ha dejado de beber. Incluso ha sido capaz de irse de vacaciones. Sobre la mesilla de noche descansa un montoncito de folletos turísticos, pero apenas ha salido del hotel.

Se dirige al armario y saca otro bañador, también azul oscuro. La siesta siempre lo deja algo amodorrado. Se pone un polo beige y unas sandalias. Es un hombre alto, de carne blanda y muy blanca y ojos azules que velan unas gafas pequeñas, de montura negra. Abre la cristalera, el aire acondicionado se para automáticamente, y coge la toalla de la silla. La dobla. Vuelve a entrar, el aire se pone de nuevo en marcha. Sale de la habitación y cierra la puerta. Le agrada el diseño anticuado del hotel. Las puertas, de madera tallada marrón oscuro, se distribuyen en torno a un patio adornado con plantas y una fuente. Baja por las escaleras exteriores que dan al aparcamiento. Prefiere evitar los ascensores. El vestíbulo está repleto de personas haciendo el *check-in*. Hombres y mujeres sudorosos, en pantalones cortos y camiseta o con vestidos ligeros de verano, cargados con toda suerte de bultos, maletas, sombrillas, neveras de viaje, cochecitos de bebé, se agolpan en torno al mostrador de recepción. Los observa con curiosidad y cierta prevención. Mueve levemente la cabeza. Le alarma esa costumbre de meterse en las vidas ajenas que ha adquirido últimamente. Se disculpa pensando que se debe a la soledad del hotel, tan distinta a aquella otra, sin testigos, a la que está habituado. Se encuentra en el centro de la U que conforma el edificio. Los anexos laterales proyectan su sombra sobre dos amplios sofás blancos enfrentados. Es un lugar de paso en el que nunca se sienta nadie. Ahora hay una niña. Con una mano, sostiene una caña de pescar que apoya, recta, en el suelo, y con la otra gira, una y otra vez, adelante y atrás, mecánicamente, la manivela de la bobina. Al fondo se vislumbra el agua límpida de la piscina y detrás el mar.

EL JUEGO DE LA VIDA

MIREIA MOSCARDÓ: 11 AÑOS
5.º DE EDUCACIÓN PRIMARIA

Sus ojos van del mar a la piscina. De la piscina al mar. Y vuelta. Una vez y otra. Del mar a la piscina. De la piscina al mar.

Las diferencias entre un azul y otro, el del mar y el de la piscina, la desconciertan. Y al mismo tiempo la atraen. Igual que un imán. Le pasa a menudo. De pronto, se queda colgada, como dice su madre, de alguna cosa. Es algo físico. Ignora a qué le está dando vueltas. Ni por qué. Ni siquiera tiene idea de que le está dando vueltas a algo. Su padre dice que anda papando moscas y la abuela, que piensa en las musarañas. Mireia no sabe qué es una musaraña ni qué significa papar moscas. Tampoco tiene curiosidad por averiguarlo. En realidad, no tiene curiosidad por nada. Hay cosas que le revuelven las tripas, como si se hubiera dado un atracón de chuches, y otras que no. Empieza con una sensación de presión en la boca del estómago o con un hormigueo que le va de los pies a la cabeza, importunándola. Entonces se queda como hipnotizada. En el interior de una maraña. La solución está al alcance de sus ojos. Del mar a la piscina. Se le escabulle. De la piscina al mar. Vuelve a perderla. Del mar a la piscina. De la piscina al mar. Es como si cayera en un trance.

Del mar a la piscina
De la piscina al mar

Y vuelta

Una vez y otra

Del mar a la piscina
De la piscina al mar

Un golpe seco en el cuello la devuelve bruscamente a la realidad.

—Te la vas a cargar, maja, papá pregunta por su caña y mamá por Héctor, ¿no has ido a buscarlo o qué?

Mireia deja de dar vueltas a la manivela de la caña de pescar de su padre y mira a su hermana Lidia embobada. Como si saliera de un sueño.

HOTEL SOLYMAR. PRIMERA PLANTA. HABITACIÓN 107

PILAR TREVIÑO: 71 AÑOS COSTURERA. VIUDA. DOS HIJOS

Para cenar esa noche hay cuatro tortillas de patata, ni muy cuajadas ni poco, en su punto, una sin cebolla, a Nuria no le gusta la cebolla, y croquetas de jamón, que están muy buenas frías, su madre siempre las tomaba al día siguiente de hacerlas, entre pan y pan; filetes empanados, merluza rebozada y huevos rellenos de atún y mayonesa para mañana, sábado, al mediodía. Tiene que acordarse de sacarlo todo de la nevera un rato antes, para que no esté demasiado frío cuando vayan a comerlo. Por la noche cenarán sobras y bocadillos. Ha comprado medio kilo de paleta serrana a muy buen precio, otro medio kilo de salchichón ibérico, capricho de Manolo, un cuarto de kilo de chorizo ibérico y otro cuarto de Pamplona, que le encanta a Mireia, y jamón york y tranchetes para Héctor, que en bocadillo no come otra cosa. Está todo en la nevera de Rocío y Manolo, en la suya ya no cabían más cosas. Y la bebida, agua, Coca-Cola y cerveza, en la de Antonio y Paloma. Se han organizado bien con tres habitaciones. Nuria y Héctor duermen con sus padres. Y ella comparte el cuarto con sus nietas, Lidia y Mireia. Para el domingo han encargado una paella. Traerse la comida hecha de casa supone un ahorro. Nueve bocas son siempre nueve bocas. Cuanto menos gasten en el hotel, mejor. El verano es largo y hay muchos extras. Y están los viajes. Ahora a la playa. En agosto al pueblo. A ella no le importa cocinar. Además, así no se aburre. Lo peor que tiene la vejez es el aburrimiento. Ya no esperas nada ni nada te interesa especialmente. Lo tienes todo visto. Hay, incluso, quien no sabe qué hacer con lo que le queda de vida. Como Antonio, su marido, que hasta sintió alivio, o al menos eso le pareció a ella, cuando supo que se moría. Se ahorraba tener que seguir pensando cómo llenar cada día. Ella tiene suerte. En casa de sus hijos, entre la cocina, la limpieza y los nietos, no le queda un minuto para aburrirse. Y, además, les quita trabajo a sus nueras. Hace un calor asfixiante. Pilar cierra la mininevera y sale a la terraza secándose la frente con el brazo. Es alta y corpulenta y con un aire resolutivo que impone respeto en quien no la conoce. En realidad, lo que destila es energía. No puede reprimir un gesto de desagrado ante la larga fila de coches del aparcamiento. Bastaría dar un salto para caer sin hacerse daño sobre el techo de uno de ellos. Si bien, como ha dicho Manolo, van a estar más fuera que dentro y da lo mismo la vista que tengan. Se asoma a la barandilla, en el ángulo de la izquierda hay un descampado con algunos cactus secos y un poco más allá, la playa, que es de guijarros gruesos, y un cachito de mar. Lo mira un instante y vuelve a entrar. Deja la puerta de la terraza entreabierta para que corra algo de aire y echa los visillos. La verdad es que sus nueras no están tan cómodas. Ni ella tampoco. Paloma trabaja media jornada como auxiliar administrativa, se encarga de las cuentas y recibos de varias comunidades de vecinos y tres tardes a la semana está apuntada a baile. Le encanta bailar. Cuando llega a casa, lo que le apetece es dejarse caer en el sofá, mano sobre mano, o ver la televisión. Pero si está ella, como no puede estarse quieta ni un minuto, se siente obligada a ayudarla con las faenas de la casa. Por eso se alegra, se le nota, cuando hace la maleta y se marcha con Rocío y Manolo y puede volver tranquila a su rutina durante seis meses. Su hijo Manolo es completamente distinto al otro. Antonio sacó unas oposiciones para celador y trabaja en el hospital. Manolo, en cambio, nunca quiso estudiar y, bien joven, se buscó un oficio. Trabaja de soldador, tiene un buen sueldo, pero apenas para en casa. O está en el trabajo o viajando por motivos de trabajo. No es que se encuentre más a gusto en su casa, pero su hijo no está casi nunca y se entiende bien con Rocío. Lo malo viene cuando vuelve Manolo, se pasan las noches discutiendo, y Nuria y ella no logran pegar ojo. La verdad es que sus nueras no están tan cómodas. Ni ella tampoco. Pero ninguna lo dice. Saca el bañador del armario, ya ha deshecho las maletas, la suya y la de sus nietas. Es un bañador nuevo. Lo compró con Rocío y Nuria. Se lo pone. Se mira en el espejo. Le sienta bien el verde. Siempre le ha gustado el agua. Su padre le enseñó a nadar de niña, en el pueblo, en la charca grande. Y hace tres años hizo un cursillo en la piscina municipal. Lo pasó bien. Conoció a gente. Debería repetir la experiencia, pero como vive seis meses en una casa y seis en otra, le cuesta hacer nada fijo. Oye la voz de Nuria, que toca a la puerta. Descuelga rápidamente la bata de playa y se la pone encima del bañador. Va a abrir mientras se la abrocha.

Al bajar a la piscina con Nuria,
Pilar piensa:

«También Agustina se aburre. Las tardes se le hacen tan largas que sale a la calle y camina hasta que se cansa. Para que pase antes el tiempo».

Su prima Agustina se lo contó la última vez que se vieron.

HOTEL SOLYMAR. PISCINA

MIGUEL NOGUÉS: 27 AÑOS. DOCTOR «CUM LAUDE» EN INGENIERÍA AMBIENTAL. IDIOMAS: INGLÉS Y ALEMÁN. FRANCÉS ELEMENTAL. ANIMADOR EVENTUAL SIN TITULACIÓN

Hace un calor sofocante y la piscina está repleta de gente. Miguel piensa consternado que hay muchísimos niños, bastantes más que el fin de semana anterior y, sospecha, muchos menos de los que habrá los fines de semana de agosto. Cuenta entre diez y doce, no, trece con el diablo pelirrojo del bañador de *Star Wars*, un calco de Chucky, que acaba de tirarse al agua en bomba. Cierra los ojos para no ver cómo se estrella sobre el pequeñajo de los manguitos de *Bob Esponja*. Cuando vuelve a abrirlos, los dos palmotean felices salpicando a su alrededor. Cada día se sorprende más con el instinto de supervivencia de esos micos. Levanta los aros de colores. Los agita en el aire para que los críos puedan verlos bien.

—Hay que meter los aros en las bases.

Sube la voz para hacerse oír, gritan todos a la vez y sus vocecitas chillonas se mezclan con la música de la megafonía.

—Hay que meter los aros en las bases.

No le hacen caso. Sube aún más la voz, hasta que le duele la garganta.

—¡Hay que meter los aros en las bases!

Ensarta un aro amarillo y otro azul en uno de los dos pivotes que ha colocado al borde de la piscina.

—¡Así!

Nadie le presta atención. Se rinde. No es Superman. Más bien Clark Kent, y en sus horas bajas. Arroja los aros al agua y, como si hubiera tocado un resorte, todos se lanzan sobre ellos a la vez. Empujones. Ahogadillas. Imposible saber quién es quién en ese revoltijo. Se acuerda de su madre. Trabaja en un autobús escolar. Son casi cincuenta niños, y de todas las edades. No entiende cómo lo aguanta. Laura está al otro lado de la piscina. Lleva un bañador deportivo, una falda corta oscura y chanclas. Sonríe a los clientes con las pesas de plástico en la mano. Está muy tostada por el sol. Laura lo desconcierta. Hay algo en ella que le provoca rechazo y, a la vez, lo atrae. Le contraría no saber cómo catalogarla. Observa cómo los aros se alejan. El agua los empuja hacia el otro lado de la piscina. Algunos críos van tras ellos salpicando a los bañistas. Otros siguen chapoteando olvidados por completo del juego. Siente el impulso de saltar al agua, recoger los aros y acabar de una vez. Está empapado en sudor. Son más de las cinco de la tarde y aún no ha aflojado el calor. Mira el agua, transparente y azul. Nunca había estado tanto tiempo al borde de una piscina sin bañarse. Un mes. Se le ha hecho eterno. Y aún le quedan otros dos. Debería estar liberando parajes naturales de monstruos de cemento como ese hotel. Su padre siempre insistía en que estudiara, para no tener que pasarse, como él, cuarenta años haciendo turnos en un taller. Ahora no sabe qué decirle cuando los dos se encuentran sentados en el sofá por las tardes, mano sobre mano. Él con ocho largos años de estudio a las espaldas y su padre con cincuenta y seis años recién cumplidos y una reducción de jornada por un ERE. Laura se aleja por el jardín. Tiene un cuerpo delgado y flexible. Unos ojos vivos y el pelo corto, frágil y pajizo. Le recuerda a uno de esos árboles altos, pero de tronco fino, aparentemente endebles, que el viento, por fuerte que sople, no logra abatir. Desaparece al fondo, detrás del escenario. Cercana y al mismo tiempo inalcanzable.

«El tiempo y el espacio tienen que ver con el arte, no con la filosofía. Y el arte, a su vez, es inseparable de la política. Arte y política, en cuanto praxis, son reales».

Es lo que piensa Laura mientras desaparece detrás del escenario camino del jardincillo de arena sonriendo a los clientes que van a jugar a petanca.

Miguel no lo sabe.

Miguel tampoco sabe lo que piensa Raimundo, su padre, sentado en el sofá de la sala, mientras al otro lado de la ventana el día agoniza lentamente. Muy lentamente.

«Cuando entré no había nada. Tuvimos que montar hasta las máquinas. Tenía dieciséis años».

Es lo que piensa Raimundo, el padre de Miguel, todas las tardes, mientras el día agoniza lentamente al otro lado de la ventana. Muy lentamente.

«Tenía dieciséis años. Tuvimos que montar hasta las máquinas. En el taller no había nada».

Miguel no lo sabe.

¿ACASO SOY EL GUARDIÁN DE MI HERMANO?

ANTONIO MOSCARDÓ: 44 AÑOS
CELADOR. CASADO. DOS HIJAS. UN HIJO

Antonio observa con inquietud a su hermano. Manolo lee el *Marca* tumbado en una hamaca cerca de la suya. Está de pésimo humor. Tiene las cejas, negras y espesas, fruncidas y el rostro ensombrecido. Le pasa lo mismo todas las vacaciones. En cuanto deja de trabajar, bebe y busca pelea. Sin embargo, incluso con ese gesto huraño, parece más joven de lo que es en realidad. No tiene canas, y sigue siendo delgado y guapetón. Aún mantiene ese aire de perdonavidas que hacía que, a pesar de su poca estatura, fuera el más ligón del barrio cuando eran adolescentes. Sólo que ahora, gracias al curro y el gimnasio, está mucho más musculado. Se fija en que se ha puesto un bañador azul marino, tipo short, bastante ceñido. En un lateral, en letras grandes blancas, pone DIESEL, como si en lugar de un traje de baño fuera un motor. Se ríe para sus adentros. Cuadra con Manolo. Su hermano lleva un motor, y de los buenos, dentro del cuerpo. Lo malo es que no sabe pararlo. Por eso aborrece las vacaciones, no es capaz de estarse quieto. Y tampoco tiene, como él, una afición. Antonio acaricia mentalmente su nueva caña. Ni siquiera la ha montado aún. Es de tres tramos, con más alcance que la vieja, ideal para pescar en la playa. Ha comprado, además, buenos plomos. Y esta vez no ha tenido que recortar los ganchos. Encontró un juego de anzuelos pequeños, sin muerte. Así podrá soltar los peces con un mínimo de garantías de que van a sobrevivir. Dentro de un rato estará pescando. Lejos del hotel. Completamente solo. Cinco horas con su caña sin oír nada más que el sonido de las olas. Hay luna llena. Habrá marea viva. Para pescar, Antonio lo sabe de sobra, las mejores mareas son las intermedias. Pero, al contrario que en todo lo demás, en la pesca le atraen las dificultades. Y las mareas vivas mueven más peces. Tal vez coja una corvina. Vuelve a mirar a Manolo. Teme sus ataques de ira desde críos. Siempre le tocaba cuidarlo. Era el mayor. Y el más grande de los dos. Medía un metro noventa y era fuerte y corpulento. Nadie en la escuela ni en el barrio se atrevía con él. Su tamaño infundía respeto. Manolo se aprovechaba. Se metía en líos a sabiendas de que, si no podía salir solo, iría en su ayuda. También su madre lo fomentaba, sin querer, por afán de protección: «Antonio, tú que eres el mayor, cuida de que tu hermano no se meta en jaleos», «Antonio, no te separes de tu hermano, tú eres el mayor y ya sabes que es un trasto». Lo de ser el mayor era un tormento sólo comparable a ser alto: «Antonio, tú que eres alto, bájame esa lata», «Antonio, tú que eres alto, alcánzame esos libros». Su altura llegó a agobiarle tanto, en casa y en la escuela, que aún hoy, si Paloma quiere sacarlo de sus casillas, sólo tiene que decirle: «Antonio, tú que eres alto...». Tampoco los años han conseguido librarlo de la carga que supone ser el guardián de su hermano. Lo lleva dentro. No pueden estar juntos sin que se sienta responsable de lo que hace. Cuando Manolo compró el piso y se largó del barrio, se alegró. Perderlo de vista fue un descanso. De pronto, podía entrar en todos los bares sin miedo a encontrárselo y tener que intervenir en alguna de sus peleas absurdas. Ellos, en cambio, se quedaron. Antonio preparó unas oposiciones y, aunque ni él mismo lo esperaba, las sacó. El hospital caía lejos, pero no quisieron mudarse. Siguieron el consejo de su madre, cuanto menos se tiene menos se necesita. En realidad, el consejo venía de su abuela. Antonio no llegó a conocerla, pero de niños su madre les hablaba a menudo de ella. También continuaron yendo a tomar el vermú los domingos a los mismos bares de siempre, con los amigos de toda la vida. Quizá debería ser más ambicioso. Lo piensa a veces. Sobre todo cuando está con su hermano. Como ahora. Manolo baja bruscamente el *Marca*. Refunfuña. Se queja de la música de la megafonía. No hay duda de que está de un humor de perros. Menos mal que en un rato estará a solas con sus aparejos y sus peces. Entonces no será problema de él lo que pase con su hermano. Un paréntesis, como dice Paloma.

LA TÉCNICA DEL PARÉNTESIS

PALOMA TORRES: 43 AÑOS. AUXILIAR ADMINISTRATIVA. CASADA. DOS HIJAS Y UN HIJO

Disfruta leyendo esas chorradas, tan ajenas a ella y a su vida, lo mismo que con las películas románticas o los culebrones de la televisión. Si alguien le preguntara, no le daría la menor importancia. Diría que son bobadas para pasar el rato, comentarlas el domingo con las amigas y olvidarlas después. Ha colocado su tumbona a la sombra, bajo una sombrilla. No aguanta el calor. Por eso no se pone morena. Tumbada al sol, se siente como una rebanada de pan en un tostador. Rocío, en cambio, puede pasarse horas estirada en la tumbona, untada de crema, hasta ponerse negra como un tizón. Pasa la página de la revista. Hoy no le funcionan ni la delgadez de la reina Letizia ni su técnica del paréntesis. Es extraño, porque siempre le ha ido muy bien con los paréntesis. Sobre todo para dormir. Cuando se acuesta, Paloma imagina un paréntesis vacío y lo llena con las cosas que le preocupan. Las deja ahí dentro, bien apretaditas, y el runrún tan desagradable que hacen las preocupaciones en la cabeza se apaga y duerme de un tirón toda la noche. Los usa desde que era una cría. En el colegio, en Suiza, siempre le gustaron los paréntesis. Y cuando volvió, y en la escuela la llamaban bollo suizo y se burlaban de ella, empezó a abrirlos mentalmente y a meterse dentro. Pensaba que escondida en su paréntesis nada podía afectarla. Luego, al ir sintiéndose más segura, le dio la vuelta al truco. Se quedaba fuera y ponía dentro del paréntesis todas las cosas que le molestaban, así podía disfrutar sin interrupciones de las que le gustaban de verdad. Y funcionó. Siempre le ha funcionado. Pero ahora tiene un problema que no es capaz de dejar de lado ni metiéndolo entre paréntesis, y hay ratos en que le agobia tanto que le entran ganas de volver a ser ella quien se esconda en uno. Se trata de Mireia. Mireia no es un problema. Mireia es su hija y la quiere muchísimo. Y ella no tiene un problema. Lo tiene Mireia. Pero, como es su madre, tiene que decidir qué es lo mejor para ayudarla. Y nada en un mar de dudas entre lo que les dicen la profesora, la psicóloga y el psiquiatra, y lo que le dice el cuerpo. Y Paloma se fía mucho de su cuerpo. Cuando va a hacer algo, cualquier cosa, su cuerpo es el primero en reaccionar. Si baila, por ejemplo, que es lo que más le gusta en el mundo, su cuerpo se relaja. En cambio, cuando actúa en contra de sus deseos, su cuerpo se tensa. Todos sus músculos, nervios y órganos protestan. Es lo que le está pasando ahora con Mireia. Sólo de pensar en medicarla, le duele el cuerpo. Mireia nunca fue bien en el colegio, tampoco ha sido nunca muy parlanchina, como Lidia, y es verdad que, de cuando en cuando, se queda colgada de alguna cosa, pensando en las musarañas, como dice su suegra. Pero ellos no le habían dado importancia. Paloma, de cría, también era un poco como Mireia, siempre callada, metida en sus paréntesis. Y no ha tenido en la vida ningún problema importante. Fue la profesora de Mireia quien los mandó a la psicóloga del colegio y ésta al psiquiatra. Ahora el psiquiatra les dice que Mireia tiene déficit de atención y que hay que medicarla. No entiende bien qué es eso del déficit de atención. A ella le gusta Mireia como es. No quiere que se la cambien con medicinas. Pero el psiquiatra insiste en que, si Mireia no sigue el tratamiento, no podrá estudiar, y hace que se sienta culpable y le dé vueltas y vueltas al asunto, para no llegar a ninguna parte. Es verdad que, a menudo, parece que Mireia no se entera de nada. Cuando le hablas, sólo escucha la mitad, o te deja con la palabra en la boca. Se distrae, no acaba los deberes. Pero ellos pensaban que era despistada, y vaga, todos los chavales lo son un poco. También Lidia, y nadie ha dicho que tenga déficit de nada. Ve a Mireia a lo lejos, en medio de la piscina, mirando al cielo embobada, y se le encoge el corazón. Tal vez sí que haya que medicarla. O quizá no. Empieza otra vez a darle vueltas. A los pros. A los contras. Para calmarse, intenta abrir un paréntesis y meter a Mireia dentro. Pero no puede. Es su niña. Cómo va a meter a su niña entre paréntesis.

MIREIA

Se mira los pies debajo del agua. Piensa que son largos. Con dedos deformes. El agua los desfigura. Centellean. Parecen mágicos. Los estira hacia arriba. Ahora son dos alas pequeñas a punto de echar a volar.

HOTEL SOLYMAR. PISCINA/PLAYA

ROCÍO JIMÉNEZ: 40 AÑOS. REPONEDORA EN PARO. CASADA. UNA HIJA

Se muere de ganas de dar una calada a un cigarrillo. Pero no quiere que nadie se entere de que ha vuelto a fumar. Se levanta de la tumbona. Coge el bolso y una cerveza de la nevera portátil, murmura un «ahora vuelvo» y camina por el borde de la piscina hacia la salida a la playa. Lleva un bikini morado con grandes flores blancas y unas chanclas Havaianas, también blancas, con cuña y gomas doradas. El final de su flequillo se pierde bajo las gafas de sol. Tiene el pelo, liso y largo, recogido en lo alto de la cabeza. Le gusta el mar, se extiende tras la piscina como una colcha de tiras de diferentes azules, de las que hacía su abuela con retales cuando ella era una niña. No puede olvidarse de la primera vez que lo vio. Tenía cuatro o cinco años. Fue el verano en que su madre y ella pasaron unos días en la playa con lo que les había tocado en la lotería, que era mucho menos de lo que se había gastado su madre en billetes a lo largo de los años. Hasta entonces, sólo había visto el mar por televisión. Le impresionó tanto que se sentó en la playa y se quedó ahí quieta durante un buen rato, sin hacer caso del cubo y la pala que acababan de comprar en el Paseo Marítimo. Pensaba en lo grande que era y en la cantidad de agua que cabía dentro. Mucha más que en su cubo. Un cubo rojo, con una pegatina de un caballito de mar, aún lo recuerda. La pala era de color azul. Quería también un rastrillo, pero no les llegaba el dinero. Estuvieron contándolo sentadas en la puerta de la tienda. Tardó horas en atreverse a meter los pies en el agua, por miedo a que un pulpo, como los que había visto en los dibujos animados, se la llevara o a que la mordiera un pez. Sonríe al pensarlo. Justo al alcanzar la verja, se cruza con dos chavales morenos que vienen de la playa. Tienen pinta de rumanos. Se lleva la mano al bolso y acelera el paso. Por si acaso. Luego se tranquiliza. Van en bañador. Entran al hotel. Sin embargo no puede evitarlo. Es la expresión malencarada de sus rostros la que le inspira desconfianza y hace que se aparte de su camino con temor. La playa es una franja estrecha de grandes guijarros. Unas pocas personas, calzadas con zapatillas de neopreno, de las que suelen usarse para caminar por los ríos, pasean por la orilla o toman el sol recostadas en sillas de playa. Se sienta. Las piedras se le clavan en el culo. No hay manera de acomodarse. Se quita la parte de arriba del bikini. Nunca lo haría en la piscina, y menos delante de su suegra. Abre la lata de cerveza, da un largo trago, la deja cuidadosamente sobre una piedra y saca la cajetilla de tabaco del bolso. Se enciende un cigarrillo y aspira el humo con ansiedad. Alterna los sorbos de cerveza con las chupadas al cigarrillo sin despegar los ojos del mar. El horizonte está calmo, no obstante las olas rompen con fuerza en la orilla removiendo los guijarros del fondo. Producen un sonido de arrastre muy agradable. Es curioso, el mar sigue infundiéndole el mismo respeto que la primera vez que lo vio. Sabe nadar, pero jamás se adentraría donde no hiciera pie. Cierra los ojos y se concentra en el sonido. Primero el de la ola que rompe. Luego, el de los guijarros, cuando la ola vuelve sobre sí misma. Se está bien lejos de la música de la megafonía del hotel. Sin gente alrededor. Sin discutir. Sobre todo sin discutir. Desde que pasó lo del supermercado, Manolo no la ha dejado en paz un segundo. Se ensaña continuamente con ella. Abre los ojos y fija la mirada en el mar. No es fácil bañarse sin ser derribado por las olas. Es verdad que, como dice Manolo, ella no necesita currar, que, gracias a él, puede quedarse en casa y seguir llevando el mismo tren de vida de siempre. Pero no lo hizo por capricho. Ni por afán de protagonismo. Ni por falta de ganas de trabajar, como le reprocha Manolo. Contempla el batir del oleaje. Entre una ola y otra se produce un breve intervalo de calma. Apaga el cigarrillo contra una piedra y echa la colilla dentro de la lata. Tampoco lo hizo por Daniela. Aunque es cierto que llevaban seis meses trabajando juntas y se caían bien. Pero ya antes habían echado a otras personas que le caían igual de bien, incluso mejor que Daniela. Se pone de pie, tira la lata en la papelera más cercana y se dirige al mar. Las piedras se le clavan en los pies. Retrocede un poco para no caer. Deja pasar una ola y, antes de que rompa la siguiente, entra rápidamente en el agua. Se baña sin meter la cabeza, con las gafas de sol puestas, intentando no perder pie, y, al mismo tiempo, mantenerse lejos de la rompiente. Mira hacia atrás. Espera a que pase una ola y estalle en la orilla. Luego sale todo lo deprisa que puede, antes de que reviente la siguiente. Alcanza la playa sin que la derribe el oleaje.

PASEO MARÍTIMO

TAMER AL-ZAHAR

Sombras. No logra quitárselas de la cabeza. Lo ha intentado muchas veces sin conseguirlo. Vuelven siempre. Vuelven y se imponen sobre lo claro. Sobre ese paseo iluminado por el sol por el que camina de regreso al apartamento. Sombras. Son más fuertes que el calor, denso y húmedo, que lo rodea y le oprime las sienes. Lo claro es la habitación, con las sillas oscuras y el sofá rojo y el hule blanco sobre la mesa y el cerco de café que ha dejado su taza esa misma mañana, de la que su hermano le dijo que no saliera. Y de donde ha salido. Y adonde ahora vuelve. Dentro tampoco está a salvo. No lo dejan las sombras. Las hay por todas partes. Da igual que esté encerrado en el cuarto. O libre. En la calle. Lo siguen a todas partes. Lo arrastran. Bajo metros de nieve donde duermen los niños para amanecer al día siguiente azules y muertos. Lo llevan lejos. A un mar sembrado de mochilas y zapatos. Hay zapatos pequeños y zapatos grandes. Hay mochilas grandes y también pequeñas. Los cadáveres lamen la orilla. Una vez vio un perro. Sólo un perro. Entre cientos de niños, mujeres y hombres muertos. Las sombras son lo que no podía pasar y se hizo realidad de repente. Son alambradas de púas. Culatazos. Miedo. Sobre todo son miedo. Lo claro es el ascensor en el que ahora entra. Pero no su cara reflejada en el espejo. Su cara es también una sombra. La de cuando era un niño. El pelo negro alborotado. Los dedos de su madre peinándoselo antes de darle la merienda. Un balón rojo que corre escaleras abajo hasta la calle donde esperan para jugar al fútbol sus compañeros del colegio. Abdu y él eran del Real

Madrid. A su padre nunca le gustó el fútbol. Cuando volvía por la noche, tarde, serio, el cuarto, otro cuarto, se teñía también de sombras. Era miedo. Ahora lo sabe. Miedo a que lo que no podía pasar se hiciera real de repente como se hizo. Quería ser médico, como su padre. Para salvar vidas como su padre. Y ahora los odia. Los odia. A todos. Entra en el apartamento. Cierra la puerta con llave. Saca el Kalashnikov del armario. Se sienta frente a la ventana. Iba a ser médico como su padre. Y Abdu, ingeniero. Ahora tienen un Kalashnikov cada uno. Apunta a los edificios. Los recorre lentamente. Se detiene en uno gris. Estrecho y alto. Parece balancearse con el viento. Apunta. Imagina que dispara y cae a tierra. Estalla contra el suelo en pedazos. Es tan fácil derribarlo. Sólo hace falta un segundo. Fue tan fácil derribarlos a ellos. Sólo hizo falta un segundo.

Un segundo.

PECES

Los peces duermen con los ojos abiertos. No tienen párpados.
Los peces tienen buena vista pero carecen de olfato.
El estrés debilita el sistema inmunitario de los peces.

Hay peces que tienen ojos falsos en las aletas para parecer más grandes de lo que son. Otros los tienen ocultos tras una máscara. De este modo evitan que los vean.

Los peces planos pueden volverse del color de donde se encuentran.

La memoria de los peces dura dos minutos. Después es como si nacieran de nuevo. Sin embargo, no olvidan a sus enemigos y siempre regresan adonde los tratan bien.

PESCA SIN MUERTE

ANTONIO MOSCARDÓ

Su madre le ha puesto un bocadillo grande de tortilla, nadie prepara mejor la tortilla de patata que su madre, ni siquiera él, que aprendió viéndosela hacer, un táper con croquetas de jamón y tres cervezas. Respira feliz. A partir del momento en que se instale, será impermeable a cualquier cosa que no sean sargos, doradas o lubinas. Su cuñada está tumbada en la playa, sobre las piedras, con las gafas de sol puestas. Su cuñada siempre ha sido propensa a las extravagancias. Pasa de largo sin que se dé cuenta. No lleva el sujetador del bikini y está seguro de que no le gustaría saber que le ha visto los pechos. Nunca le ha caído bien su cuñada. No comprende por qué su madre la aprecia tanto. Mucho más que a Paloma. Pensarlo le produce cierto resquemor, pero quiere demasiado a su madre como para disgustarse con ella. Pasa por un chiringuito bastante concurrido. El menú está escrito en una pizarra que cuelga encima de la barra: fritura de pescado, sepia con alioli y sardinas a la brasa. Le encanta el pescadito frito y a Paloma las sardinas la vuelven loca. Ojalá pudieran escaquearse del resto de la familia, sobre todo de su hermano y su cuñada, y sentarse los dos, a solas, en una de esas mesas con manteles de papel, al borde del mar, para disfrutar de un plato de pescado y una botella de vino blanco. Sabe que no es posible. Pensarlo le pone de malhumor. Menos mal que en nada estará pescando lejos de todo el mundo. Le gustan mucho más los peces que las personas.

La playa se ensancha hacia su final en dunas ásperas, compactas, salpicadas de barrón y berza marina. Una bandada de cormoranes sobrevuela un charco, rodeado de juncos, desagüe de un arroyo de escaso caudal. Desde ahí, y hasta el mar, se extiende el cauce seco sembrado de arena y cantos rodados. Desemboca en un pequeño estuario, donde las olas rompen con violencia en varias direcciones, chocan entre sí y levantan grandes cantidades de espuma. Es una zona solitaria. De mar muy movida. Antonio descarga sus bártulos. Se estira para desentumecer la espalda. Tiene la camiseta y la gorra empapadas en sudor. Fija un momento los ojos en el horizonte. Faltan varias horas para que anochezca. La puesta de sol será a su espalda, por el interior. Monta el soporte y lo clava en la arena, entre las piedras. Saca la caña nueva. La observa con placer. Es una caña ligera. Muy fina. De carbono. Hacía mucho que deseaba tener una así. Una buena caña, de las que usan los campeones, pero con un precio asequible. Ha estado ahorrando, mes tras mes, quitándoselo de donde podía, para comprarla. La coge en la mano. Su caña. No la ha probado todavía. Pesa poco. Dobla suavemente la puntera con un dedo. Con esa puntera detectará rápido el picado y podrá sacar al pez del agua sin apenas lucha, para que sufra menos. El sonido bronco de los cormoranes lo hace girarse. Hay un hombre en la charca, entre los juncos. Lo observa con aprensión. Alto. Grande. Con un gorro oscuro. Percibe su presencia como una intromisión. Contrariado, le da la espalda, y se concentra en el cajón. También es nuevo. Un cajón azul, con arnés, como una mochila. Se lo regaló su madre por su cumpleaños. En realidad, el dinero lo puso su madre y fue él, con Paloma, quien lo compró. Lo abre, dentro reina el orden, coge el portacarretes y lo acopla a la caña. En cuanto pueda se comprará uno de cremallera, son más ligeros que los de rosca. Confía en tenerlo para el próximo verano. En invierno suele hacer alguna escapada con un par de compañeros del hospital aficionados, como él, a la pesca, sobre todo si se prevé temporal en la costa, sonríe mientras instala el carrete, no hay nada comparable a pescar de noche y con mal tiempo, pero no cree que pueda tener el nuevo portacarretes para entonces. Es imposible ahorrar en otoño. Siempre hay extras. El dentista, el material escolar, zapatos nuevos para los niños. Sin el sueldo de Paloma no llegarían nunca a fin de mes. Saca del cajón el flotador y los plomos y comienza a preparar la línea. Se toma su tiempo. Hay que cuidar el bajo, para que los anzuelos no se enreden. El mar está cada vez más encrespado. La fuerza del oleaje agita el fondo. Atraerá, como un imán, a los peces. Termina de cebar la caña, y se prepara para el lance. A un par de metros, el desconocido de la charca lo observa con aire indiferente. Apenas puede distinguir sus ojos. Los cubren unas gafas de montura negra, estrechas y anticuadas, y la sombra del ala de un absurdo gorrito azul marino. Un guiri. Un cara bobo, como diría su hermano. En verano están por todas partes. Hace esfuerzos por controlar su enfado, e intenta concentrarse de nuevo en el lance. Sujeta la línea con el dedo índice, abre el asa del carrete y echa levemente el cuerpo hacia atrás, cargando el peso sobre la pierna posterior. Le gustan más los peces que las personas. Tiene que lanzar detrás de la rompiente, a la mayor distancia posible. Los peces le gustan mucho más que las personas.

PESCA CON MUERTE

THOMAS MÜCKER

Thomas descubrió la charca la víspera. Una balsa de aguas turbias, verdes por el musgo y los líquenes, bordeada por un juncal. Le resultó chocante. Desacorde con el paisaje que la rodeaba: rígidos montículos de arena cubiertos por flora dispersa, de tonalidad apagada. Pasó un rato observando a unos patos pequeños, de color pardo, que se deslizaban por sus aguas. Hoy ha vuelto con un pedazo de pan, sobrante de su comida del mediodía. Pero nada más echar las primeras migas al agua, una bandada de cormoranes ha bajado en picado para arrebatárselas a los patos. Thomas ha devuelto el pan al bolsillo y ha girado sobre sus talones para regresar al hotel. Entonces ha visto al pescador lanzar el anzuelo. Y se ha detenido. Observa cómo engancha la caña al soporte, abre una cerveza y se sienta sobre un cajón a bebérsela. El sedal se extiende, tirante, de la curva de la caña hasta el flotador. El pescador mira al mar, da largos tragos de cerveza, y espera a que los peces piquen. También Thomas se bebería a gusto una cerveza sentado con una caña. Siempre le ha gustado la pesca, aunque la ha practicado poco. En realidad, sólo una vez. Hace ya muchos años, un verano. Fue de acampada con su hijo Heinrich, que entonces tendría once o doce años, y un compañero de universidad y viejo amigo, Johann Kauffmann. Estaban también los dos hijos de Kauffmann, no recuerda los nombres ni las edades, pero debían de ser más o menos como Heinrich. Pescaron un montón de truchas, grandes y moteadas, cerca de unas bonitas cascadas escalonadas. Aún se acuerda del sonido que hacía el agua al caer. El sol se filtraba entre los árboles y corría un vientecillo suave y tibio. Era agradable. Él apenas atrapó nada, si bien su amigo era un experto pescador. Se comieron todas las truchas a la brasa, en la barbacoa del camping, esa misma noche. Un verdadero festín, regado, además, con un magnífico Riesling de Rheingau, ligero y con aroma a manzana fresca. Los críos correteaban por ahí, mientras Kauffmann y él conversaban sobre sus respectivas empresas y terminaban su segunda botella de vino blanco. Aquellos fueron días felices. Prometieron repetir la excursión el verano siguiente, pero cuando llegó el momento su hijo se había convertido en un adolescente que prefería estar con los amigos antes que con su padre, y Kauffmann se había mudado a otra ciudad donde su empresa le ofrecía mejores condiciones. Siguieron llamándose por teléfono de vez en cuando y se visitaron un par de veces. Luego se distanciaron y hace años que no sabe nada de Kauffmann. Thomas se promete llamarle a su regreso. Le propondrá ir a pescar juntos, como antaño. De pronto, el sedal se tensa. El pescador deja la cerveza en la arena, desengancha la caña, y corre hacia el agua mientras recoge hilo. Una lubina gris oscuro aletea en la punta. El pescador saca el móvil del bolsillo del chaleco. Dispara varias fotos. Guarda el móvil. Y libera al pez del anzuelo. La lubina salta de sus manos y se pierde, de nuevo, en el mar.

«El objetivo de pescar es capturar el mayor número de peces. El placer de la pesca está en el cubo lleno. Saber a ciencia cierta que al final de la jornada el cubo va a estar vacío no motiva a echar la caña al agua. Pescar y soltar la pieza no tiene lógica».

Es lo que piensa Thomas mientras regresa al hotel.

Recuerda aquellas truchas a la parrilla que se comió con su amigo Kauffmann. Kauffmann y él bebiendo vino y hablando con entusiasmo de sus metas en la vida.

En su empresa su función consistía en diseñar piezas óptimas al más bajo coste, para sacar la máxima rentabilidad a los ascensores que fabricaban. No puede imaginarse diseñando piezas óptimas que luego no se van a utilizar.

Es lo que piensa Thomas mientras regresa al hotel.

Le vuelve, intenso, el aroma del vino. Kauffmann y él bebiendo vino. Hablando con entusiasmo de sus metas en la vida.

Las lágrimas comienzan a caerle por la cara. No llora. Sólo le caen lágrimas. Se le escapan solas. Silenciosas.

Se sienta sobre las piedras. Se quita el gorro y se seca los ojos con él. Siente el cuerpo inerte. Y la cabeza vacía.
El sol rueda somnoliento hacia las dunas.

El programa de actividades del hotel está a disposición de los clientes en un panel naranja junto al mostrador de recepción.

VIERNES	SÁBADO	DOMINGO
11:00 Pilates	11:00 Aquagym	11:00 Aeróbic
12:00 Danza del sol	12:00 Danza del sol	12:00 Danza del sol
13:00 Yincana Tiro al blanco	13:00 Juegos malabares Dardos	13:00 Show de loros Foto recuerdo
17:00 Juegos acuáticos Petanca	17:00 Juegos acuáticos Visita guiada al pueblo	17:00 Mini disco Ping-pong
22:00 Música en vivo: boleros	22:00 Noche latina	22:00 Disc-jockey

HOTEL SOLYMAR. ESCENARIO
—NOCHE DE BOLEROS—

MIGUEL NOGUÉS

1. Quizás, quizás, quizás

La noche anterior se dio cuenta de lo quemado que estaba. Lo vio reflejado en los ojos de Laura, durante la actuación de rock en vivo, mientras compartían un gin-tonic en silencio y toda esa gente, a su alrededor, se atiborraba a mojitos y berreaba: «*One, two, three o'clock, four o'clock rock, rock!*». Ahora están bailando juntos. También en silencio. Solos los dos en la pista. Se mueven al ritmo de una canción cursi y pasada de moda, que nadie escucha. Con suerte, algunas parejas, tan rancias como la música, se animarán y saldrán también a bailar. Ése es su cometido. Animar. O lo que es igual, hacer el chorra para entretener a un puñado de horteras y unos cuantos guiris con quemaduras de tercer grado en la piel. En el anuncio de la ETT pedían personas sociables y él pensaba que lo era. Tenía amigos. Una novia. Caía bien a la gente. Sin embargo, en un mes, se ha transformado en un tipo intratable y amargado. Lo sabe. No hace falta que lo vea reflejado en los ojos de Laura cada vez que lo mira. Como anoche. Como ahora mismo. ¿Qué hace ahí? La pregunta del millón. Pero le obsesiona esa pregunta. Es como si hubiera sido abducido y arrojado a Marte. Un planeta en el que nadie habla su idioma, eso es el hotel. Es lo único de lo que está seguro. Antes, parece que ha pasado un siglo, lo estaba de muchas cosas. Cuando volvió de hacer el doctorado, por ejemplo, estaba seguro de que con su expediente académico no iba a tardar en encontrar un buen trabajo. Todos estaban seguros. Su padre.

Su madre. Los amigos. Su novia. Envió cientos de currículos y ni siquiera recibió, en respuesta, una carta de cortesía. Lo único que consiguió, gracias precisamente a sus estudios superiores y su conocimiento de idiomas, fue este viaje a Marte. Y ahí está. En Marte. Bregando con un montón de críos, sin tener ni idea de cómo se hace, y bailando al borde de una piscina, en un hotel de playa que sueña con demoler. Lo de bailar es, sin duda, lo que lleva peor. Nunca le ha gustado. Ni siquiera lo hacía cuando iban de fiesta y le insistía su novia. Siempre se le ha dado fatal. Al contrario que a Laura. Laura baila de maravilla. Y no se queja cuando la pisa. Se limita a sonreírle con amabilidad. Siente cierto resquemor al pensarlo. Con amabilidad, no. Con indulgencia. Laura le sonríe con indulgencia. Sin embargo, es agradable que lo rodee con los brazos mientras bailan. Como ahora. Tiene un cuerpo cálido y huele bien. Siente el deseo de abandonarse a su abrazo y a esa canción anticuada y cursi de la época de sus abuelos: «*Estoy perdiendo el tiempo, pensando, pensando... y así pasan los días...*». Dejarse llevar. No pensar en nada. Salen dos mujeres a la pista. Tendrán unos cuarenta años. Una es alta y fuerte, la otra más menuda, con una larga melena lisa. Bailan muy bien. Giran abrazadas, casi sin pisar el suelo, mientras sus faldas ondean al son de la música: «*Y yo desesperado... hasta cuándo, hasta cuándo...*». El pelo de la más menuda se levanta como un abanico extendido cuando su compañera la hace voltearse. Produce un efecto hipnótico. Salen dos mujeres más. De edad similar. Tampoco bailan nada mal. Sólo haría falta que se animara una tercera pareja para que ellos pudieran dejar la pista. Ése es su trabajo. Animar a los demás por muy desanimado que esté uno. Por eso está ahí. Porque pensó que era un trabajo fácil y le vendría bien ganar algo de dinero, porque se sentía un lastre, con una vida sin rumbo, y se avergonzaba de tener que pedir a su madre para el autobús o para tomar una caña con los amigos, como cuando era un adolescente. Se equivocó de medio a medio. Cada vez lo ve más claro. Por fin sale a la pista una tercera pareja, un hombre y una mujer de edad muy avanzada. Laura se desprende de él y les aplaude. Durante un segundo, fuera de sus brazos, se siente desorientado. Perdido. Solo entre las parejas de bailarines. Logra sobreponerse y aplaudir también. El público se les une. La mujer hace una graciosa reverencia y persuade a su compañero para que haga lo mismo. A continuación lo estrecha con determinación y retoman el baile: «*Por lo que más quieras... hasta cuándo, hasta cuándo*».

Miguel sigue a Laura a la barra. Lleva un vestido corto con flores amarillas y unas sandalias de tacón fino de color dorado. Aún guarda entre los dedos el tacto, suave, del vestido y el roce grato de sus brazos. Ella le pregunta sonriente si quiere una copa a medias y se adelanta a pedirla. La observa apoyado en la barra. La falda se le pega a los muslos al caminar. Tiene unas piernas rectas y bien formadas. Le gustaría perderse ahí. Entre sus piernas. Despega los ojos del cuerpo de ella y mira a su alrededor. La terraza está abarrotada. Un grupo de niños corretea entre los bailarines. Distingue al diabólico Chucky y al enano de los manguitos. Debería bajarlos del escenario. Pero siente una pereza enorme. Imposible de vencer. Mañana será otro día. Ahora necesita olvidarse de ellos por un rato. No es que le disgusten los niños, siempre pensó que tendría hijos, pero la tensión que supone mantener su atención y, además, intentar que no les pase nada, lo extenúa. La gente bebe combinados en grandes copas con mucho hielo. Charla animadamente. Se ríe en voz muy alta. Parece divertirse. Hay noches, ésta es una de ellas, en que desearía que una ola inmensa, un tsunami, engullera a ese monstruo de cemento y ladrillo y se lo llevara todo. Y a todos. Los odia. Laura le pone el gin-tonic en la mano. Se apoya en la barra a su lado y tararea de buen humor: «*Quizás, quizás, quizás…*». Por un instante, tiene la certeza de que lo busca. Está seguro de que lo busca. Pero es sólo por un instante. Enseguida se desalienta. Laura lo desconcierta. En realidad, su vida entera lo desconcierta. Ojalá pudiera perderse lejos, entre sus piernas, como si sólo fueran cuerpos.

HOTEL SOLYMAR. BAR-CHIRINGUITO
—NOCHE DE BOLEROS—

PILAR TREVIÑO

2. *Solamente una vez*

«*Solamente una vez amé en la vida. Solamente una vez y nada más*». Conoce la canción desde siempre. Ni siquiera recuerda cuándo la oyó por primera vez. A su madre no le gustaba. Está segura. No se imagina a su madre escuchando boleros. Tal vez su hermana Tere. Sí, ahora lo recuerda. Era Tere quien la oía en la radio, cuando ella no era más que una cría. El hombre la entona con voz ronca. Cascada por los años. Acercando mucho el micro a la boca y sin atender a la música. Como por rutina, porque no le queda otro remedio. En realidad da lo mismo. Nadie lo escucha. Ni siquiera ella. Es tarde y está cansada. Querría irse a la cama, pero tiene que esperar a sus nietas y no parecen tener prisa por acostarse. Sí, la oía Tere. En la radio. Ya se acuerda. Era una radio grandota. De madera oscura. Estaba en la cocina. Tere traía el peine y el agua de colonia. La hacía sentarse sobre la mesa y encendía la radio. Canturreaba mientras la peinaba. Solía hacerle dos trenzas gruesas. Muy tirantes. Si ella se quejaba, le daba con el peine en la cabeza. La regañaba porque tenía muchos enredones, como si se los hiciera a posta. Cuando terminaba, le empapaba las trenzas en agua de colonia. Todavía hoy aborrece el olor del agua de colonia. Le da náuseas. Nunca les echó una gota a sus hijos. Todas las madres de entonces lo hacían. Pero ella no. No habría podido ni aun queriendo, por las arcadas. «*Una vez, nada más, se entrega el alma. Y cuando ese milagro realiza el prodigio de amarse*». Da gusto ver bailar a Paloma.

Ha tenido que insistir un montón a Rocío para que saliera a la pista con ella. Qué distintas son sus nueras. Como sus hijos. Ahora mismo le gustaría estar arriba. Escuchando la radio en la cama. Tiene la cabeza espesa. Culpa al sol. También al chinchón. Hacía años que no probaba el anís, pero Manolo se ha empeñado en que se tomara un carajillo. Bebe demasiado este hijo suyo. No hace más que pedir copas y dar cabezadas sobre la mesa. Si sigue así, terminará peleándose con Rocío. Como durante la cena, si no llega a ser porque esa cabeza de chorlito de Mireia ha tirado sin querer la fuente de croquetas, habrían acabado mal. Hay momentos en que echa de menos un poco de soledad, para pensar en sus cosas. Y es que, de vieja, le entra a una la manía de arreglar cuentas con el pasado, con sus muertos, que cada vez son más. Y para eso hay que estar sola. Se acuerda a menudo de su madre y de Tere. También, aunque menos, de su padre y de Antonio. Su madre le deshacía las trenzas en cuanto perdían de vista a Tere, se reía como si fuera una niña traviesa, le parecía una sandez eso de que llevar el pelo suelto fuera de golfas, como decían Tere y su abuela. Por eso le deshacía la trenzas: «Con el pelo tan apretado no hay manera de que te entre nada en la cabeza, hija». También le quitaba el velo: «Hay que airear las ideas y no cubrirlas de idioteces». Su madre aborrecía a los curas, más aún a las monjas, eran ellas quienes la vigilaban en la cárcel: «Harían bien en amar menos a Dios y más a las personas», afirmaba. Todas esas cosas no las decía nunca en voz alta, sino bajito, al oído. Y sólo a ella. Tere se enfadaba, volvía a sujetarle el velo con las horquillas o a hacerle las trenzas, y la obligaba a ir a misa. Era muy guapa su madre. Tenía una sonrisa preciosa. Ninguna foto le hace justicia. A ella le daba pena. Nunca ha sabido por qué. Por las broncas que le echaba Tere, tal vez. O porque se quedaba sola en casa cuando se iban a misa. Su padre siempre andaba en el campo. No hablaba nunca. Era como una sombra. O porque, a pesar de su sonrisa, a menudo tenía los ojos tristes. Nuria se sienta a su lado. Recuesta la cabeza sobre su hombro. De todos sus nietos, es, sin duda, la más cariñosa. Y a la que más quiere. No puede remediarlo. Quizá sea porque es la mayor. A ella, su padre y su madre la educaron como si fuera un chico. La llevaban a bañarse a la charca y querían que estudiara. A Tere y a su abuela les parecía mal. Tal vez su hermana tenía razón y no hicieron bien educándola como la educaron, porque luego le costó mucho adaptarse. Vivir como todo el mundo. Sobre todo acostumbrarse a su marido. A que le diera órdenes. A aguantar y estar callada. A menudo ha pensado que menos mal que sólo ha tenido hijos, no habría sabido cómo educar a una chica. Tiene nietas, pero, gracias a Dios, no están a su cargo. Paloma y Rocío vuelven a la mesa. Qué distintas son. Casi tanto como sus dos hijos. Saca el abanico del bolso, lo extiende y empieza a abanicarse con energía. Le dice a Nuria que se aparte, que le está dando calor. Nuria no le hace caso. Sabe que su yaya es perro ladrador, pero poco mordedor.

Mientras se abraza al cuerpo rugoso y fuerte de su abuela Nuria piensa

«Es como un árbol. Y, además, huele bien».

Pilar no lo sabe, pero lo adivina.

HOTEL SOLYMAR. JARDÍN
—NOCHE DE BOLEROS—
LIDIA MOSCARDÓ: 13 AÑOS. 1.º DE E.S.O.

3. Rímel

Oculta con vergüenza las piernas. Las dobla bajo el cuerpo y tira un poco de la falda, para cubrirlas. Está sentada en el murete que da a la playa, en el jardincillo, detrás del escenario. Mireia se encuentra a su lado, papando moscas, como dice su padre. No le molesta. Es como si no estuviera. Los dos chicos juegan al ping-pong. Son hermanos, se nota en el parecido y por cómo se tratan. El mayor la mira cada vez que hace una buena jugada. Nunca le había gustado tanto un chico. Tiene unos ojos impresionantes, y lleva un piercing en la oreja. A ella también le gustaría hacerse un piercing. Pero su madre no la dejaría. Está segura. Le duelen las piernas de tenerlas dobladas. Las estira. Se las observa con precaución. No las tiene feas. Quizá un poco flacas. Las esconde por los pelos. Odia los pelos que le han salido ese invierno en las piernas, y las axilas, y odia a su madre por no dejarla depilárselos. Dice que es demasiado joven. Se los ha teñido de rubio, con agua oxigenada. Pero se ven igual. Le gustaría ser hija de Rocío. A veces, incluso, le gustaría ser Nuria. Nuria tiene unas piernas preciosas. Sin pelos. Va a la depiladora con Rocío. Y se las hacen con cera. El chico se lanza a por la pelota. La alcanza con la pala en el último momento. Y la mira. Por lo menos tendrá quince años. No es de aquí. Los ha oído hablar y no son de aquí. A él también le gusta ella. Lo sabe por cómo la mira. Vuelve a encoger las piernas. No quiere que le vea los pelos. En la piscina, esa tarde, ha sido increíble.

Cada vez que hacía un salto mortal, la miraba. Parecía un artista de circo. Cogía carrerilla, saltaba por encima de su hermano, daba una voltereta en el aire y caía al agua. Ella cerraba los ojos. De los nervios. Igual que en el circo cuando era pequeña. Como se entere su madre de que le gusta, le prohibirá acercarse a ellos. Dirá que los artistas de circo no son gente seria, y menos los de fuera, y que encima lleva un piercing. Dirá que se ande con ojo, no vaya a ser que la secuestren. Le gustaría ser hija de Rocío. Del tío Manolo, menos. Su padre es mucho mejor. Nunca se mete en su vida. Habría estado bien que su padre se casara con Rocío. Nuria tiene un baño para ella sola. No lo comparte con toda la familia como ella. Cuando duerme en casa de su prima, suele encerrarse dentro. Nadie la molesta. Prueba las cremas, geles, maquillajes, barras de labios, acondicionadores, alisadores y rizadores que hay en los estantes. Se lee todas las instrucciones, se aprende sus propiedades. Nuria tiene, además, un dormitorio propio. Ella duerme con Mireia. Nuria también tiene un armario lleno de ropa. Su madre la lleva todos los domingos al centro comercial y le compra lo que quiere. Nadie le dice si es caro o barato, ni si es adecuado para su edad. Hasta se ha tatuado una mariposa de henna en el hombro para las vacaciones. A ella ni siquiera le dejan llevar faldas cortas ni camisetas ceñidas. Su madre dice que hay mucho loco suelto y que no puede ir por ahí provocando. También le dice que tenga cuidado con los chicos, sobre todo con los gitanos y los moros. En su colegio hay gitanos. Y moros. Suele haber muchas peleas. Los padres protestan. Dicen que no quieren gente de fuera en las aulas. Que no quieren moros ni panchitos. Los mayores del colegio solían meterse con un panchito de la clase de Héctor. Su hermano mayor se hartó, los esperó a la salida y le dio una paliza a uno de ellos. Lo expulsaron del colegio. Los dos chicos son de fuera. Hablan un idioma extraño, y son muy morenos. El que le gusta tiene unos ojos negros preciosos. Le gusta mucho. Le da igual de dónde sea. Mira a su hermana pequeña con aprensión. En el colegio no sólo se burlan de los moros y los panchitos, también de Mireia. Con Mireia se mete todo el mundo, incluso su prima Nuria. Debería defenderla, lo sabe, pero no se atreve. No quiere que, además, la tomen con ella. Debería defenderla, pero no se atreve.

HOTEL SOLYMAR. BAR-CHIRINGUITO
—NOCHE DE BOLEROS—
PALOMA TORRES

4. Toda una vida

Paloma vuelve a la mesa con Rocío. Deja a Héctor en el escenario, corre con otros críos. Busca con la mirada a Mireia. Se pregunta, inquieta, dónde andará. Tampoco ve a Lidia. Se tranquiliza, estarán juntas. Además, mientras no salgan del hotel, no hay peligro. Se sienta y da un sorbo grande a su cerveza. Aún está fresca. Es una pena que Rocío no haya querido seguir bailando, no lo hace nada mal. Ella estaría bailando todo el día. A Antonio, cuando van de vacaciones, no le ve el pelo, o está pescando o preparando sus bártulos para la pesca. De todos modos, bailar con él es un suplicio. La verdad es que Paloma se siente a gusto con su vida. No la cambiaría por ninguna otra. Está contenta con su marido, sus tres hijos, sus clases de baile y, algo menos, con las dos lorzas que le han salido en la tripa. Ha engordado un par de kilos durante el invierno, pero no piensa, ni por asomo, dejar de comer lo que le apetezca y de beber cerveza, que le encanta, sólo para librarse de unos michelines. No tiende a amargarse la vida, ni a perder el tiempo en cosas que no le aportan ningún beneficio. Por eso no se maquilla ni se arregla el pelo. Le parece aburridísimo tirarse horas en el baño con brochas, sombras, secadores y tenacillas, sin más incentivo que presumir, después, un rato. Su cara está bien como es. Con sus pequeñas arrugas de expresión y las dos pecas que tiene en la barbilla. Lo que sí hará es teñirse el pelo cuando le salgan canas. Está orgullosa de su pelo. Negro. Fuerte. Rizado. Lo lleva siempre suelto y revuelto, se peina poco, pero alejado de la cara. Desde cría le ha molestado que el pelo le roce los ojos. No entiende cómo Rocío soporta ese flequillo, lacio y largo, que tiene desde que la conoce, y ya son años, que le tapa los ojos y se los hace guiñar de continuo. También a Antonio le gusta su pelo. Se lo dijo la primera vez que salieron juntos, que lo que más le gustaba de ella era el pelo. Da otro sorbo a la cerveza. Hace mucho calor y está sudando. Nunca ha logrado acostumbrarse a ese calor tan húmedo del mar. Prefiere mil veces el seco y pesado, como si te echaran una piedra encima, del pueblo. Rocío bebe Baileys. A ella no le gusta el Baileys. La empalaga. Con tanto calor, no hay nada mejor que una cerveza bien fresquita. Sí, Paloma se siente a gusto con su vida. Siempre se ha sentido a gusto. Y si no fuera por lo de Mireia, incluso diría que es feliz. Pero no consigue dejar de pensar en Mireia. Ojalá Antonio no se escaqueara y pudieran hablarlo. Pero se escaquea. Tiene ese defecto, rehúye las preocupaciones. A menudo se siente un poco sola. Hay cargas que son demasiado pesadas si no se comparten. Le pasa también con el trabajo, tampoco ha comentado con nadie que tiene problemas. Con Antonio no se atreve. Y no quiere agobiar a su suegra. La empresa, si se le puede llamar empresa, son el jefe y ella, va de mal en peor. Se les están dando de baja la mayor parte de las comunidades de vecinos que llevaban. Son comunidades pequeñas y tienen muchos morosos. Hay días que se los pasa mano sobre mano por falta de trabajo. Si la cosa sigue así, a su jefe no le quedará otra que despedirla. Puede hacer solo todo el trabajo. No va a pagarle para estar de adorno en la oficina. Lo que más le preocupa es que con el sueldo de Antonio no llegan a fin de mes, aunque gasten lo menos posible, que ya lo hacen. El coche sólo lo usan cuando salen de vacaciones como ahora, o van al pueblo. Los críos comen en casa, el comedor escolar ha subido muchísimo. El único extra que se permiten es el vermú de los domingos. Pero tienen tres hijos y está todo cada vez más caro, el alquiler, la luz, los libros del colegio. Al final, va a parecer que tener hijos es un lujo y que tienen que sentirse culpables por ello. Paloma nota que se enfada otra vez. Últimamente se enfada a menudo, aunque no lo exterioriza. Es una sensación extraña. Por nueva. De pronto, se llena de cólera, pero no sabe hacia qué o quién dirigirla. Odia a todo el mundo. Lo que más miedo le da es acabar explotando. Intenta concentrarse en la música. Tararea: «*Toda una vida, me estaría contigo. No me importa en qué forma*». Siempre le gustó bailar. Desde que era una cría. «*Ni dónde ni cómo, pero junto a ti*», se le van los pies. Bailaría hasta sola.

Se lo dijo la primera vez que salieron juntos.

«Lo que más me gusta de ti es tu pelo. Me gusta desde la escuela. Lo miras y dan ganas de acariciarlo».

A Paloma le gusta recordarlo.

HOTEL SOLYMAR. PLAYA
—NOCHE DE BOLEROS—

ROCÍO JIMÉNEZ

5. El cigarrillo

Da una calada. Larga y profunda. Ha estado bien bailar. Aunque sea con su cuñada. Da otra calada. Qué gusto. No hay nada mejor que fumar. Fue una tontería dejarlo. Y ahora es tarde para echarse atrás. Sólo le falta otro motivo más de discusión con Manolo. Diría que es una caprichosa. Que carece de voluntad. Pero qué gusto da fumar. Escucha el rumor del mar. Está tan oscuro que no puede verlo. Pero lo oye. Suena con fuerza. Se siente bien. Sólo le molestan las piedras. Ha tenido que quitarse las sandalias, llevan tacón, y descalza es imposible dar ni un paso sin destrozarse los pies. Y más a oscuras. Está sentada con la espalda apoyada en el muro del hotel. Se debe estar manchando el vestido. Lo ha pasado bien bailando. Y eso que no le suele gustar. Sobre todo ese tipo de música. Tan cursi. Pero era divertido y Paloma sabía llevarla. Y ella se dejaba llevar, probablemente gracias a los Baileys. Se ha tomado dos. Pero sin beber no cree que pudiera soportar tres días seguidos con Manolo. Ha armado una buena porque la camarera tardaba en servirles. Y ahora ahí está, tirado sobre la mesa, dormido como un ceporro. A ver quién lo sube luego a la cama. Se oye a lo lejos la música del hotel: «*Anoche estuve conversando con mi cigarrillo. A veces hasta pienso que ni siquiera existo*». A ella le va la música más cañera. Antes le encantaban Nirvana y The Cult. Durante un tiempo también oía Héroes del Silencio, aunque le gustaban menos. Su madre prefería a Elvis. Últimamente se acuerda mucho de su madre. Solían bailar juntas cuando era pequeña. Se le daba muy bien el rock and roll. La levantaba en volandas o la hacía pasar por debajo de sus piernas. Sabía hacer mil piruetas. A ella le gustaba muchísimo. Se sentía como esta noche cuando ha bailado con Paloma. En otro lugar. Sin tiempo. Sin problemas. Han pasado ya más de tres años. Quizá debería ir a visitarla. Llevarle unas flores. Solían bailar los domingos por la tarde. Era el único día libre que tenía a la semana. Su madre la crio sola y no fue fácil, se lo ha contado a menudo a su suegra, mira que fregó escaleras. Ella la ayudaba al salir del colegio. Hasta que se fue haciendo mayor y empezaron a llevarse mal. La avergonzaba que sus compañeras pudieran verla barriendo un portal o sacando brillo a un pasamanos, así que se escaqueaba o lo hacía de mala gana. Su madre se sentía dolida. No lo entendía. En realidad, no admitía que tuviera sus propias ideas, ni que tomara sus decisiones o eligiera sus compañías. Era como si la estuviera traicionando. Ella, aunque a veces se sentía culpable, tenía claro que no quería vivir como su madre. Sobre todo, no quería sufrir como ella. Quizá, por eso, se fueron alejando. También porque a su madre Manolo siempre le cayó fatal. Y a él su madre. Aunque esto último no tiene mérito ninguno, a Manolo le cae mal cualquiera que se interesa por ella. Pensar en Manolo la pone de malhumor. Se acuerda de la cena. Menos mal que Mireia tiró sin querer el plato de croquetas, si no seguro que la tienen. Por una vez estuvo acertada. Aunque fuera por casualidad. La verdad es que a esa niña le falta un hervor. Si fuera su hija se preocuparía. Se enciende otro cigarrillo con la colilla del anterior: «*Anoche estuve conversando con mi cigarrillo... A veces hasta pienso que ni siquiera existo...*». Tiene que acumular nicotina para soportar lo que le queda de noche. Sin fumar.

EDIFICIO ACUAZUL. PLANTA DÉCIMA. PUERTA 7B

TAMER AL-ZAHAR

Lo oye entrar. Está acostado pero aún no se ha dormido. Oye cómo gira la llave en la cerradura. Cómo se abre la puerta y vuelve a cerrarse. Y otra vez, el giro de la llave en la cerradura. Se ha acostado vestido. No se ha quitado el pantalón de chándal. Tampoco la camiseta ni los calcetines sucios. Ha dormido demasiado tiempo vestido. Se siente perdido sin ropa. Al principio fue por los aviones. Había que estar listos. Cuando oían los motores, saltaban de la cama. Bajaban al sótano. Permanecían juntos mientras duraba el bombardeo. Después, si tenían suerte y seguían vivos, había que ayudar a los vecinos a rescatar a los muertos. No tenían tiempo para vestirse. Su padre era siempre el primero en llegar a la calle. Parece estar viéndolo, con su maletín de médico en la mano. Un maletín grande, de cuero negro. Nunca se separaba de él. Lo perdió en un naufragio durante el éxodo. Su padre era alto y fuerte. Como Abdu. Tenía el pelo negro y un bigote ancho y frondoso. Abdu se parece a su padre. Él es como su madre. Menudo. De rasgos delicados y piel clara. Su padre era incansable. Levantaba escombros. Vendaba cabezas. Cosía heridas. Lo que hiciera falta. Aguantaba días sin dormir. No emitía una queja. No mostraba debilidad ni cansancio. Sólo una vez lo vio llorar. Estaba sentado en medio de la calle. Junto a las ruinas humeantes de una casa. Con un cascote en las manos. Las lágrimas le corrían por las mejillas y se detenían en el bigote. Oye los pasos de su hermano. Abdu abre el armario. Guarda algo dentro. Sabe que comprobará que los Kalashnikov siguen en su sitio. El calor apenas ha bajado. Aunque ha dejado la ventana abierta, suda. La ropa se le pega al cuerpo. Durante los meses que viajó con Abdu, también dormían vestidos. Por las noches, o sudaba con la ropa pegada al cuerpo como ahora o tiritaba a pesar de la ropa. No recuerda cuándo fue la última vez que durmió ocho horas seguidas. Arropado y caliente. Sin temor a la noche. Sin esperar con angustia la llegada del día. No recuerda cuándo fue la última vez que no tuvo miedo a dormirse. A no despertar jamás. Ahora todo está claro. Ahora ha perdido el miedo. La realidad se reduce a ese apartamento sofocante y los Kalashnikov que su hermano vuelve a guardar bajo la manta. Oye cómo cierra el armario. Abdu adoraba a su padre. Hacía lo que fuera por darle gusto. Incluso iba a ser ingeniero como el abuelo. Desde muy pequeño, lo esperaba todas las tardes junto a la puerta de casa. No se movía hasta que llegaba. Aunque volviera de madrugada del hospital, no había forma de que se fuera a la cama. Se sentaba junto a la puerta y esperaba. Abdu era serio. Callado. Pero tenaz y testarudo. Como su padre. Su padre era un buen cirujano. El mejor del hospital. Ahora ya no podría operar a nadie. Ni quitarle el anzuelo a un pez como antes. Abdu y su padre pescaban juntos todos los veranos. A partir de que se instalaban en el muelle, no entendían de otra cosa que no fueran chopas o róbalos. Ni siquiera hablaban. Pescaban. Por las noches, se comían el pescado a la brasa en la barbacoa del jardín. Era un verdadero banquete. Abdu ha entrado en el dormitorio. No hace ruido para no despertarlo. Él finge dormir. No tiene ganas de hablar. Y sabe que Abdu tampoco. Las sombras se han apoderado de ambos. Ahora lo ve claro. Sólo existe una manera de ahuyentarlas. Abdu lo vio claro antes. La realidad es ese apartamento sofocante, los Kalashnikov en el armario y su hermano, que se acuesta a oscuras. La realidad es esa habitación a oscuras. Los Kalashnikov en el armario. Y Abdu. Que reposa a su lado.

Tamer respira suavemente. Tiene los ojos pesados. Se duerme.

EL DOCTOR IMAD AL-ZAHAR

Está sentado en el único sillón de la casa. Un sillón viejo. Con el asiento hundido. Tapizado con una tela gastada de flores verdes y amarillas. Hace meses que avisó a la policía de la desaparición de sus hijos. Desde entonces, no han tenido noticias. Nadya, su mujer, pasa todos los días por comisaría. Hoy la han invitado a no volver más. Si saben algo, les avisarán, le han dicho. De paso le pidieron los papeles. Nadya les entregó el carné. Nació ahí. Es de ahí. No necesita papeles.

El doctor Al-Zahar está en la sala. Junto a la ventana. La ventana da a un patio de luces. Estrecho y oscuro. Desde su sillón, el doctor Al-Zahar contempla las ventanas del edificio de enfrente. De noche, cuando las luces se encienden, entrevé los cuerpos de sus vecinos tras las cortinas. De día o de noche, por la ventana abierta, le llegan olores y sonidos familiares. Café recién hecho y cardamomo. Cilantro. Ajo y cebolla fritos. Ruido de platos. Voces. Los sonidos se entremezclan en una improvisada sinfonía. La de la vida cotidiana.

El doctor Al-Zahar suele permanecer hasta tarde sentado ante la ventana. Hasta que todas las luces del edificio de enfrente se apagan y se acusa el silencio. El plácido descanso que sucede a la rutina del día.

Al doctor Al-Zahar le gusta sentarse en el sillón delante de la ventana abierta incluso en invierno. Cuando hace ese frío cortante y seco al que no logra acostumbrarse. El paso, siempre idéntico, de los días y las horas al otro lado del patio le quita de encima un peso. La vida sigue. Se desliza. Sin sobresaltos. Con sus pequeños placeres y sus contrariedades.

Tal vez fuera el ritual cotidiano que se despliega más allá de la ventana y del que se sabían excluidos lo que le hizo perder a sus hijos.

Tal vez los perdió porque los asaltó el temor a rendirse a la rutina que los había esquivado hasta entonces y renegar de la excepción en la que vivían.

O quizá fue la certeza de que el discurrir apacible de los días y las horas de sus vecinos se sostenía sobre la excepcionalidad de sus vidas, de las de tantos, lo que hizo que los perdiera.

Quizá fuera cualquiera de esas cosas, o todas, lo que le hizo perder a sus hijos.

Quizá.

No acierta a saberlo. Tampoco le importa ya. Ha dejado de darle vueltas.

El doctor Al-Zahar se levanta y cierra la ventana. Los sonidos se interrumpen bruscamente. Pone en el ordenador un concierto de Naseer Shamma. Vuelve a sentarse en el sillón. Cierra los ojos. Se deja envolver por la música. No es el lamento del laúd sino el contrapunto de la guitarra lo que le conmueve.

El hombre es un animal enfermo. La frase lo persigue desde aquella noche. Era invierno. Lo asalta en cualquier momento. No puede quitársela de la cabeza. Fue después de un bombardeo.

La voz.

Aún resuena en sus oídos.

¡Ummi!

Escarban

Las manos negras
De tierra y sangre
Escarban

Escarban
Escarban

¡Ummi!

Escarban

¡Ummi!

Las manos negras
Escarban
Escarban
Escarban

¡Ummi!

De tierra y sangre

Escarban

¡Ummi!

¡Ummi!

Escarban

Las manos negras
De tierra y sangre
Escarban
Escarban

¡Ummi!

¡Ummi!

Escarban
Escarban
Escarban
Escarban

¡Ummi!

Se hace el silencio. Escuchan inmóviles. El silencio los va apresando bajo sus garras de acero. Entonces lo asalta la frase. Como un murciélago. El hombre es un animal enfermo. Se echa a llorar. Aún sostiene en las manos un cascajo. Ladrillo y yeso.

El doctor Al-Zahar es médico. Sutura heridas. Amputa piernas. Extirpa apéndices. Venda cráneos. Escayola brazos. El doctor Al-Zahar es médico. Un buen médico. Salva vidas. Pero el doctor Al-Zahar no puede salvar al hombre de sí mismo. Ni siquiera ha conseguido salvar a sus propios hijos.

El doctor Al-Zahar sacude la cabeza como para borrar sus negros pensamientos.

El hombre es un animal enfermo. La rutina es su atadura. Si se desata, su perversidad se esparce. Como aceite en el agua.

El doctor Al-Zahar piensa con gratitud en Naseer Shamma. Qué enfermo está el ser humano, capaz de sepultar a un niño bajo su propia casa, pero también de crear tanta belleza con un laúd. Qué enfermo está el ser humano, piensa con espanto el doctor Al-Zahar, cuando es capaz de asesinar y oír música al mismo tiempo.

Oye los pasos de Nadya, su mujer. Entra en la habitación. Conserva la sonrisa. Pero sus ojos no engañan. El dolor los une. El dolor se interpone entre ellos. Cada uno está solo. Con su dolor.

Nadya silencia el laúd y la guitarra, y abre de nuevo la ventana. Regresan los sonidos y los olores familiares. Retorna la vida cotidiana.

Mientras, el mundo se derrumba.

SÁBADO

... y de novilunio en novilunio, de sábado en sábado, vendrá toda carne a prosternarse ante mí, dice Yavé.

Isaías 66, 23

HOTEL SOLYMAR. PRIMERA PLANTA. HABITACIÓN 132

LAURA AMORÓS: 29 AÑOS. LICENCIADA EN BELLAS ARTES. MONITORA DE PINTURA, YOGA Y ZUMBA. ANIMADORA EVENTUAL

De pronto siente que entra en un espacio en blanco y no puede salvarlo. Se despierta sobresaltada y enciende la luz de la mesilla. Miriam ronca suavemente en la cama de al lado. Está de espaldas, con las piernas estiradas y los brazos debajo de la almohada. El pelo le tapa la cara. Lleva unas bragas azul pálido con un estampado de ovejitas blancas y una camiseta de tirantes naranja. Tiene la espalda muy blanca. Está segura de que no la despertaría ni un terremoto. Se acuesta tan rendida que se duerme en el acto. Su jornada laboral no le da ninguna envidia. Miriam es camarera en el chiringuito, entra a las ocho para los desayunos y no termina hasta las doce de la noche. Y aún le queda recoger y dejarlo todo listo para el día siguiente. Pero nunca se queja. Siempre está de buen humor. Es una suerte tenerla como compañera de habitación. Sabe que si apaga de nuevo la luz no podrá dormirse. Y no tiene ganas de pasarse horas dando vueltas en la cama para, al día siguiente, arrastrarse de cansancio. Saca un Orfidal del cajón de la mesilla. Entra en el baño y se lo traga con un poco de agua. Bebe directamente del grifo. Está caliente y sabe mal. Luego hace pis, pero no tira de la cadena. En la habitación de al lado duermen Miguel, su compañero, e Ignacio, uno de los camareros. No quiere despertarlos. A menudo, los ronquidos de Ignacio traspasan la pared, también su tos cavernosa. Fuma demasiado. Miguel, en cambio, no hace ruido. Es un chico agradable pero soso. A veces transmite tal desamparo que da lástima. Ella procura ser amable y darle conversación, aunque le cuesta encontrar tema. No sabe por qué, pero cuando bailan juntos se siente incómoda. Seguramente serán sólo paranoias suyas. Coge el cuaderno del armario y se pone a dibujar. Tiene que esperar un rato para que el Orfidal le haga efecto. Si apaga la luz antes de que le entre sueño, se pondrá nerviosa y no podrá dormirse ni siquiera con el Orfidal. Todas las noches le pasa lo mismo. Se mete en la cama y se duerme en el acto. En realidad, se va deslizando, poco a poco, hacia el sueño, un sueño cada vez más profundo, hasta que entra en un espacio en blanco, intenta evitarlo, y sufre un sobresalto. Es como si cayera por un terraplén y, de pronto, apareciera un obstáculo que le impidiera llegar hasta abajo. Entonces se despierta bruscamente, completamente despejada, como si hubiera dormido ocho horas. Sin embargo, mira el reloj y no han pasado más que unos minutos. Y ya no puede volver a dormirse. Le sucede casi todas las noches. Las otras, las pocas en que no le pasa, es porque se ha tomado unas copas. Se duerme de golpe, pero se despierta a las tres o cuatro horas. Y aún es peor. Es tarde para tomarse un Orfidal. Si lo hace, teme no ser capaz de levantarse a la mañana siguiente. Sólo si se toma unas copas y a continuación un Orfidal, duerme de un tirón y tan profundo como Miriam. Pero se levanta con resaca. Y no le queda otra que desayunar ibuprofeno. Comienza a dibujar a Miriam. Da envidia mirarla, tendida sobre la cama. Tan relajada. Ha hecho un montón de bocetos esos días. También ha tomado notas para su videoinstalación, la que ha presentado a la beca. De pronto se desanima. Sabe que en invierno tampoco hará nada. Le pasará como todos los años. No tendrá tiempo. Con suerte, le surgirán algunas clases de pintura, además de las de yoga que ya le adjudicaron el año pasado. Y espera que este curso, con el currículo del hotel, pueda dar gym-zumba. Tiene que pagar el piso y comer todos los días, y no quiere, ni por asomo, volver a casa de sus padres. Además, en unos meses cumplirá treinta años. Es demasiado vieja. Sería un fracaso. La temática de su videoinstalación son los vampiros. Unos vampiros que no se alimentan de sangre, sino de espacio y de tiempo. Dos conceptos que, para Laura, están estrechamente ligados. Son el continuo en el que se despliegan las vidas humanas. Los vampiros se han hecho con el poder gracias a que acumulan espacio y tiempo ajenos. Los vampirizados son muchos más, pero viven relegados en el tenebroso reino del olvido, sin espacio ni tiempo propios. Ella lucha sin descanso contra los vampiros, para que no se apropien de sus pequeñas porciones de tiempo y espacio, las que se ha ganado a pulso. Cierra el cuaderno sin terminar de dibujar a Miriam, que se ha dado la vuelta y ahora duerme de lado, con una pierna estirada y la otra encogida, y un brazo bajo la almohada. Puede ver su boca, de labios carnosos y tiernos, medio perdida entre los mechones de pelo que le cubren la cara. Sólo tiene veinte años. Le está entrando sueño. Deja el cuaderno en el suelo y apaga la luz. Aunque tiene calor, se arrebuja entre las sábanas. Se duerme pensando en el tipo que ha cantado boleros en el hotel esa noche. Tendría unos sesenta años. La voz rasposa, ronca por el tabaco y el alcohol. Los ojos enrojecidos, la nariz engrosada y las mejillas púrpura. Y una tripa enorme, desproporcionada con el resto del cuerpo. Las piernas, finas, parecían muy frágiles, a punto de troncharse. Lo imagina de hotel en hotel, de sala de fiestas en sala de fiestas, cada vez en sitios más cutres, haciendo menos bolos cada vez, cantando siempre *El día que me quieras* y *Bésame mucho*, durmiendo en pensiones baratas, y esperando un golpe de suerte que no llega nunca. En unos años, si no le da antes un infarto, los vampiros le habrán arrebatado el poquito tiempo y espacio, sólo una rendija, que aún conserva. Se desliza por un tobogán y se posa suavemente en el fondo oscuro del sueño. No recuerda su nombre, pero lo ha dibujado, es lo último que piensa.

Se llama Armando.

ARMANDO RODRÍGUEZ VALDÉS.

Armando Valdés es su nombre artístico. El Rodríguez se lo quitó su primer mánager. Había demasiados Rodríguez en el mundo.

Nació en Ciudad de México hace sesenta y un años.

Canta desde que era un mico y no levantaba un palmo del suelo.

Se vino para acá hace treinta años. Durante unos meses rozó la fama. Hasta grabó un *single*.

Sus pasos resuenan en el pasillo desierto a esas horas. Se tambalea un poco, como todas las noches. Hay que aprovechar que las copas son gratis. Se hospeda en la habitación 141. Tuvo que regatear mucho para que no se la descontaran del sueldo. Le cuesta acertar con la llave en la cerradura.

Se lava la cara en el lavabo. Se moja el pelo. Tiene los ojos rojos. Hace meses que le lagrimean de continuo. Se mira en el espejo. Debajo de los ojos hay dos bolsas gruesas. Oscuras.

Aún le queda algún bolo. Pero no es suficiente. Como no se apriete mucho el cinturón, el invierno va a ser duro. Tocan vacas flacas otra vez.

Antes de tumbarse vestido sobre la cama y quedarse profundamente dormido, busca la petaca en la maleta. Está mediada de güisqui barato. Da un largo sorbo y la deja en la mesilla. Por si acaso.

HOTEL SOLYMAR. PRIMERA PLANTA. HABITACIÓN 109

MANOLO MOSCARDÓ: 42 AÑOS
SOLDADOR. CASADO. UNA HIJA

Se despierta de golpe. La luz que entra por el ventanal le hiere los ojos y acrecienta el dolor de cabeza. Es un dolor intenso, que nace en la nuca y sube, a sacudidas, hasta la frente y las sienes. Tiene la boca seca. La acidez le quema la garganta y le produce náuseas. Daría cualquier cosa por un botellín de agua fría. Rocío ni siquiera se mueve cuando se levanta. Va descalzo y en calzoncillos, distingue fugazmente su imagen en el espejo que hay junto al escritorio, pese a que se encuentra mal, no puede por menos que reconocer lo bien que le sientan los eslip azul pálido que Rocío le regaló por su aniversario. Al pasar junto a la cama supletoria, tropieza con un silloncito lleno de ropa que hay a los pies y suelta un exabrupto. Nuria murmura en sueños, se da la vuelta, pero no se despierta. Alcanza la nevera, la abre y recibe una bocanada de olor a embutidos y queso que le provoca arcadas. Se lleva la mano a la boca, como para detenerlas. Toda la bebida está en el cuarto de Antonio. Lo invade la cólera. Su hermano siempre se ha llevado la mejor parte. De niños, su madre se lo ponía de modelo de continuo y no lo dejaba ir sin él a ningún sitio. Y lo peor es que lo ha tenido toda la vida encima. El día en que abandonó el barrio fue una verdadera liberación, por fin no tenía que encontrarse en cada esquina con su mirada de desaprobación. Entra en el baño malhumorado, coge un vaso de la repisa que hay sobre el lavabo y lo llena de agua del grifo. Se muere de sed. Se lo bebe de un trago y, en el acto, una arcada, esta vez incontrolable, le provoca el vómito, que sale escopeteado, salpicando el lavabo y el espejo, antes de que pueda llegar al váter. A horcajadas, con las manos a ambos lados de la taza, vomita durante un largo rato. Las arcadas continúan bastante tiempo después de que no le quede nada en el estómago. Van cesando poco a poco. Se siente mejor. Se levanta y se moja la cara. El frescor del agua le alivia el dolor de cabeza durante unos segundos. Mea sin levantar la tapa. Sobre el vómito. Tira de la cadena y entra de nuevo en la habitación. Busca el bolso de Rocío. Está sobre el escritorio. Vacía su contenido hasta que da con un blíster de paracetamol. Saca dos pastillas y vuelve al cuarto de baño. Se las traga con abundante agua. Aún tiene sed, pero se controla por temor a vomitar otra vez. Se moja de nuevo la cara y regresa a la cama. Rocío le pregunta, entre sueños, si le pasa algo. Emite un gruñido, su manera de decir que no, y empieza a dar vueltas incómodo, con el estómago todavía revuelto y el dolor de cabeza tamborileándole en las sienes y la nuca. Encuentra postura, cierra los ojos y espera, impaciente, a que el analgésico le haga efecto. La noche anterior le vuelve a retazos, como flashes inconexos de una película, y, si intenta ordenarlos, el dolor de cabeza se intensifica y con él las ganas de vomitar. Lucha por apartarlos, pero rostros y fragmentos de conversaciones se superponen, machacones, en su cerebro. Se tomó unas copas en el bar después de cenar y tuvo una discusión con la camarera, eso, más o menos, lo recuerda. Luego se pierde. Antes cenaron en la habitación de su madre las dichosas tortillas y las croquetas de toda la vida, las que lleva viendo poner en la mesa desde que era niño. Lo asalta la imagen del pesado de Héctor llorando por miedo a los chinos. Le vuelve la discusión a la cabeza, en desorden, sin tener muy claro qué dijo quién y cuándo, y siempre interrumpida por los «¿No quieres otra croqueta?», «¿Has terminado?», «¿Te sirvo más tortilla?», de las tres mujeres, que le crispan los nervios. Empezó su madre. Ahora se acuerda. Contó que, en la tienda de ultramarinos del barrio, donde Antonio y él, de críos, compraban peta zetas y pajitas pica pica, en lugar de Margarita, que la había regentado siempre, había un chino. Por lo demás, todo estaba igual que antes. Se enzarzaron en una pelea. Rocío y su cuñada, que son unas exageradas, no paraban de decir sandeces. Lo cabrearon tanto que juró que matricularía a Nuria en chino en cuanto volvieran a casa. Entonces Héctor se echó a llorar, y la tonta de Mireia tiró las malditas croquetas al suelo. Sin darse cuenta, se va quedando dormido. Un sueño ligero. Inquieto. Perturbado, a ratos, por las punzadas del dolor de cabeza y las náuseas. No se atreve a moverse por temor a vomitar.

LO QUE LA FAMILIA MOSCARDÓ PIENSA SOBRE LOS CHINOS

No hay chinos en la calle.
Los chinos no viajan en autobús.
Los niños chinos no van al colegio.

No hay chinos enterrados en los cementerios. Cuando mueren, sus cadáveres son enviados a China. Su Gobierno corre con los gastos.

Los chinos imitan todo tipo de productos. Pero los venden mucho más baratos.
Los chinos compran negocios en otros países. Los financia su Gobierno.

Los chinos acabarán dominando el mundo.
El chino debería ser obligatorio en las escuelas.
En el futuro, no habrá trabajo para los que no hablen chino.

EDIFICIO ACUAZUL
PLANTA DÉCIMA. PUERTA 7B

TAMER AL-ZAHAR

Se despierta inquieto. Con la sensación de haber dormido demasiado. La luz débil que entra en la habitación lo tranquiliza. Es temprano. Su hermano termina de rezar. Al otro lado de la ventana se amontonan los edificios. Tamer no es creyente. Tampoco Abdu lo era. «Dios es un cuento para niños», solía decir su padre. Su padre sólo creía en la voluntad humana. A la maldad de los hombres, oponía, tenaz, su bondad: «La duplicidad es parte de nuestra naturaleza —sostenía—, somos capaces de lo peor y lo mejor. Ahí reside nuestra grandeza». Aún le parece estar oyéndolo: «Es sólo cuestión de elección. Asesinar a miles por capricho o locura o entregar la vida para salvarlos. Dedicar la existencia a amasar una fortuna o consagrarla a componer una sinfonía». Con el optimismo que lo caracterizaba, aseguraba que cuantas más personas hicieran peso hacia el lado del bien en la balanza, más difícil les resultaría desequilibrarla a los paladines del mal. Por cada ejemplo de maldad, él contraponía cinco de bondad. Defendía que íbamos ganando: «Nada cura más y mejor el alma, ni es más contagioso, que la bondad, la felicidad y la buena música». Se escudaba, medio en serio medio en broma, en que era médico y entendía de estas cosas. Tamer le oyó repetir las mismas palabras tantas veces que se las sabe de memoria. Recuerda la última vez que lo vio. Miraba en silencio por una ventana. A un patio oscuro. Y feo. Pensó: «Mentía. No íbamos ganando. Habíamos perdido de antemano». Ahora Abdu también mira por la ventana. Sus ojos se pierden más allá de los cristales. Buscan rescatar un pedazo de mar de entre los edificios. Lo hacía ya de niño. Perseguía el mar a lo lejos desde la ventana de casa. A veces, se apoyaba en la cuerda de la ropa y las prendas se soltaban y caían al jardín. Su hermana mayor, Ema, le regañaba. Lo obligaba a bajar a buscarlas. Abdu cogía la ropa de mala manera, y, enfurruñado, la arrastraba hasta la puerta. Ema lo amenazaba desde arriba. Tamer siente ganas de reír al recordarlo. Pero la risa no aflora. El equilibrio está roto. No es posible recomponerlo. Su padre, el gran cirujano, no puede taponar la herida. Perdió su maletín en el éxodo. Y no hay hilo y aguja para coser sus almas rotas. Son supervivientes. De una normalidad demolida. Abatida a bombas y ráfagas de ametralladora. Derribada con fusiles y alambradas. Aniquilada. Son supervivientes. Testigos vivos de una anomalía. Abdu dice la verdad. No hay reparación. Ahora a su hermano lo sostiene su Dios. Y a él su odio. El odio es más real, más tangible, que dios. Es humano. Si en algo no mentía su padre era en que el mundo lo rigen los hombres. Dios no existe. El más grande y el más misericordioso jamás habría permitido esta abominable inclinación de la balanza hacia el mal. Dios es, como decía su padre, un cuento para niños. Abdu se retira de la ventana y vuelve los ojos hacia él. Tamer cierra los suyos y finge dormir. No se lo dirá a Abdu. Para qué. No cambia nada.

MEZCLA LETAL

MIRIAM ABAD: 20 AÑOS. 3.º DE MAGISTERIO
CAMARERA EVENTUAL

Siete de la mañana. Ya está abajo. Dispuesta a salvar otra jornada. Cada día que pasa la acerca un poco más a sus vacaciones. Menos mal que hace fresquito a esas horas. Y hay silencio. Todavía no ha llegado ningún cliente. Es un gustazo disfrutar de un rato tranquilo, sola, mientras enciende la máquina del café y la plancha. A las ocho los desayunos. Algunos imbéciles, en su mayor parte guiris, tienen la manía de desayunar en el chiringuito y no en el bufé del comedor, como todo el mundo. Les debe de sobrar la pasta. Después vienen los aperitivos, las comidas y las cervecitas de media tarde. No hay quien pare un segundo. Con suerte, diez minutos para comer de pie un bocadillo, y pasadas las cuatro. Luego, las cenas y las copas. Las cenas suelen ser tranquilas. Los mismos guiris del desayuno. El resto de la clientela ha cogido bufé, o cena en la habitación con lo que se han traído en las tarteras de sus casas o han mangado en el desayuno. Lo peor, sin duda, son las copas. Tiene que atender, sola, todas las mesas. Los clientes se desesperan porque tarda en serviles, se quejan, le echan la bronca. Pero ella no se amilana. Los manda a recepción a exigir el libro de reclamaciones. No puede ser que contraten a una sola camarera para veinticinco mesas. No es una máquina, ni está por la labor de dejarse la vida en un curro. Y menos en uno tan mal pagado. El chiringuito se cierra a las doce. Y aún le queda recoger las copas vacías, barrer la terraza, limpiar las mesas y prepararlo todo para el día siguiente. Es como para volverse loca. Pero ella no lo lleva mal. Le basta con pensar en el 15 de septiembre, cuando acabe su contrato, para recuperar el buen humor. En el sur, por esas fechas, todavía tiene asegurado el buen tiempo. Se cogerá un hotel en la playa, que para entonces saldrá mucho más barato, y dejará que otra infortunada le sirva los cubatas. Mientras tanto, aguanta el tirón. Y escupe en las copas. Aunque sólo en las de los pelmazos. Porque lo peor, sin duda, son los pelmas. Siempre hombres. Vejestorios que pasan de los cuarenta, con sus barrigotas, sus ridículos pantalones cortos y las gorras con la visera hacía atrás. Beben hasta emborracharse, exigen que se les sirva en el acto y, cuando nadie los ve, le babean la oreja. Putos viejos asquerosos. Lo único que quieren es meterle mano. Tocar carne joven. Al principio, lo pasaba fatal. No lograba acostumbrarse. Lloraba en la cama todas las noches. Ahora ya no. Lo ha resuelto gracias a Laura y sus orfidales. Laura es la animadora y su compañera de habitación. Es un encanto y, además, tiene una farmacia en la mesilla. Desde que lo descubrió le va mucho mejor. Y no porque se tome nada. A ella no le hace falta. Cada noche cae agotada en la cama. Duerme de un tirón. Pero basta con echarle un Orfidal en la copa a un pelma para que se acaben las bromas, las manos en el culo y las exigencias. No lo mata. Sólo lo adormece. Deja de dar la lata con lo rica que está o con que le ha puesto poco vodka y demasiado hielo en la copa y se va pronto a la cama. A veces tiene la tentación de aumentar la dosis. Algunos merecerían quedarse secos. Disfruta imaginándolo. Hay momentos en que no dejaría un solo tío sobre la Tierra. Ni siquiera a los que están buenísimos. Son todos, sin excepción, unos soplapollas. Pasa con energía la bayeta por la encimera. Anoche un tipo la sacó tanto de quicio que, en lugar de un Orfidal, le echó dos en su tercera copa. Se detiene un segundo y mira inquieta hacia las ventanas de las habitaciones. Espera que no esté muerto. Y no porque se sienta culpable. Lo que le preocupa es que la pillen. A ver si la van a mandar a la cárcel y se acabaron las vacaciones. Su café ya está listo. El olor la llena de felicidad. Se lo tomará mirando al mar. Aún le queda media hora. Sola.

UNA MÁCULA EN LA PERFECCIÓN DE LA MAÑANA

THOMAS MÜCKER

Siempre es el primero en bajar a desayunar. El comedor se abre a las ocho y allí está Thomas, esperando en la puerta, ya duchado, con el bañador puesto y la toalla de playa debajo del brazo. Le gusta desayunar solo y en silencio. Sin ruido ni voces a su alrededor. Por eso baja temprano. Antes que nadie. Los primeros días, la camarera le pedía, en inglés, el número de habitación y él le mostraba la llave magnética. Ahora, directamente le sonríe: «*Good morning*». Él asiente con la cabeza y también sonríe. Se dirige al fondo del inmenso comedor y deja su toalla sobre una mesa de dos, no hay mesas para una sola persona, siempre la misma, junto al ventanal que da a la piscina y al mar. La posibilidad de que alguien pueda quitarle el sitio le produce ansiedad. A continuación se prepara el desayuno en el bufé. Nada de grasas ni fritos. Café americano, fruta, yogur con cereales, y pan con jamón y queso. Debe cuidarse. Ha empezado a tener algunos problemas de colesterol. La tensión no lo preocupa. Todos los días, desde hace años, toma una pastilla para regularla. Se sienta de espaldas al mar, mirando hacia la puerta. Puede ver quién entra y quién sale. A quién conoce y quién es nuevo en el hotel. No lo hace con ánimo de cotillear. La curiosidad siempre le ha parecido un defecto grave. Simplemente, se siente más seguro.

Da un sorbo al café sin azúcar. Mira, inquieto, hacia la entrada. Al ser sábado, el comedor se está llenando antes de lo habitual. No está cómodo. Le gusta desayunar tranquilo. Lentamente. Pone jamón y queso sobre una tostada. Cada vez entra más gente. Hablan todos a la vez, en voz muy alta. La contaminación acústica va en aumento. Decide romper, por un día, su rutina, terminar rápidamente el desayuno, saltarse las primeras actividades de la mañana, e irse al pueblo andando, comprar una postal y enviársela a su hijo. La idea de hacer una visita al pueblo le agrada. Es un pueblo pequeño, blanco y limpio, tranquilo, habitado por muchos paisanos suyos. Al contrario que en el hotel, es casi imposible encontrar a alguien que no domine su idioma. Se siente como en casa. Engulle los restos del desayuno y sale del comedor.

Thomas Mücker sube la calle estrecha y mal asfaltada que lo aleja del hotel. El olor dulzón de las adelfas se mezcla con el aroma recio de los pinos.

Thomas Mücker apenas se acuerda de su padre, Hans Mücker. Tampoco acostumbra mencionarlo.

Hans Mücker tenía dieciséis años a finales de 1944. La policía fue a buscarlo a casa y le obligó a ponerse un uniforme militar. Nunca antes había abandonado el pueblo. Las estaciones regían su vida. Labrar. Sembrar. Recoger la cosecha. Todos los días, al amanecer, ordeñaba las vacas. Todos los días, cuando oscurecía, alimentaba a los patos y a las gallinas.

Después de la guerra, Hans Mücker piensa a menudo en su infancia y en su padre, Heinrich Mücker, el abuelo de Thomas, y en cómo, con sólo cinco años, le había ayudado a traer un ternero al mundo.

De los años de la catástrofe, como llama a la guerra, Hans Mücker guarda una única historia.

Una mujer joven, sin nombre, vaga en pijama, como un fantasma, por una ciudad devastada. Se detiene en cada edificio en ruinas. Recoge ladrillos, los limpia cuidadosamente, uno a uno, con los faldones de la camisa y los coloca en fila. Una línea recta. Intacta. Nadie se acerca a ella. Nadie se interpone en su tarea. Se puede seguir el rastro de su caminar errante por las pulcras filas de ladrillos que pueblan las calles desoladas.

Hans Mücker era alto y fuerte. Tenía el pelo rubio y un bigote ancho y frondoso. Era un hombre serio. Retraído. Los bombardeos lo habían dejado sordo del oído izquierdo.

En 1961, cuando Thomas tenía ocho años, Hans Mücker le soltó la mano y se arrojó a las vías del tren en el momento en que pasaba el expreso.

HOTEL SOLYMAR. COMEDOR

ROCÍO JIMÉNEZ

Café con leche y cruasanes

Está tan cabreada con Manolo que le cuesta reprimir la cólera. Casi lo saca de la cama a rastras cuando ha visto el baño. Pero sólo habría valido para tener una discusión más delante de su hija. El baño estaba hecho un asco, había vómito por todas partes, incluso en el pasillo, y el olor era nauseabundo. Nuria no quería entrar ni para hacer pis, y a ella le avergonzaba que el personal de limpieza lo viera en esas condiciones. Lo ha limpiado lo mejor que ha podido. Pero no se han duchado. Ninguna de las dos se ha duchado. Han sido incapaces. No había forma de quitar el olor. Daba arcadas. Intenta no pensarlo. No quiere amargarse el desayuno. Siempre le han gustado los bufés. Lo primero, un capuchino. Le encanta el capuchino y tiene pocas ocasiones de tomarlo. Una larga fila de personas espera pacientemente delante de la máquina del café. Al parecer, no funciona. La frustración desencadena, de golpe, su ira. Localiza a la camarera al fondo, poniendo un mantel limpio sobre una mesa, y se dirige decidida hacia ella blandiendo la taza vacía en la mano. Su enfado aumenta según se acerca. La aborda abruptamente y la reprende indignada. La camarera intenta calmarla, se deshace en disculpas, pero sólo consigue enfurecerla más y más. Una cólera, irracional y desmedida, se apodera de Rocío y la arrastra de forma incontrolable. Hasta que, de pronto, un dique, en su interior, la obliga a detenerse. En seco. Murmura una excusa rápida, en voz baja, y se da la vuelta. Se avergüenza de sí misma. Siente que ha estado al borde de sobrepasar un límite de consecuencias imprevisibles. El bufé, apetecible y bien presentado, se extiende sobre una mesa alargada pegada a la pared. Observa los alimentos. Intenta distraer, al mismo tiempo, culpa, vergüenza e ira. Hay bollería variada. Tartas. Fruta. Fiambres. Embutidos. Coge un plato, se mueve lentamente, de derecha a izquierda. Dubitativa. Debería separarse. Cada vez lo ve más claro. Su relación con Manolo es insostenible. No dejan de discutir un momento. Y lo peor es que se ensaña con ella, sin motivo, cada vez más a menudo. Es como si se le hubiera metido un demonio dentro y no fuera ya dueño de sus palabras ni de sus actos. Debería hablar con él. Tomar la decisión de separarse, aunque fuera temporalmente. Pero no se atreve. Se imagina sola con Nuria. Y sin trabajo. Piensa en su madre. No quiere quedarse sola con una hija y sin un céntimo. Como su madre. Se decide por un cruasán, un trozo de bizcocho y un par de ensaimadas. Deja el plato, lleno, en una esquina de la mesa y va a por otro vacío. Se sirve queso, jamón, salchichas y huevos revueltos. Con un plato en cada mano, se encamina, evitando a la camarera, hacia la mesa donde ya están desayunando su suegra, Antonio y Paloma. Todos se han duchado. Se nota. Hasta los críos. Nuria se abraza a su abuela, como siempre que algo la contraría. Espera que no le cuente nada. No quiere preocupar a su suegra, y aún menos que se entere su cuñado y ver ese gesto de censura, que conoce bien, en sus ojos. Está segura de que si se separara de Manolo, ni Antonio ni Paloma volverían a tratarla. Nunca les ha caído bien. Su suegra, en cambio, la apoyaría. Aun cuando dejase a su hijo, la apoyaría. Su suegra la aprecia. Y sin duda Nuria es su nieta favorita. Parece que, por fin, funciona la máquina de café. Sólo de pensar en un capuchino se relaja. Su enfado se desinfla como un globo. Nunca quiso ser como su madre. Se prometió a sí misma que su vida sería otra. Tampoco Manolo es como su padre. Su padre era un mal tipo. Un drogadicto. Un delincuente que las maltrataba. No recuerda gran cosa de sus tres primeros años de vida. Ni siquiera se acuerda de la cara de su padre. Pero no ha olvidado la noche en que su madre la sacó de la cama y la llevó en pijama, envuelta en una manta, a la casa de al lado. Y el miedo que sintió acurrucada en un rincón del sofá de la vecina. Desde ahí, oía con nitidez los golpes. Los gritos. El ruido de las botas de la policía al echar la puerta abajo. Y la voz ronca de su padre insultando a su madre. Cuando su madre volvió, y la cogió en brazos, y la apretó contra sí, el miedo se disipó de golpe, como si una súbita ráfaga de viento barriera un oscuro nubarrón. Jamás volvió a sentirse sola, desvalida y asustada como aquella noche. Tampoco volvió a ver a su padre. Alguna vez se ha preguntado qué habría sido de él. Quizá murió de sobredosis. O lo mató alguien. O tal vez aún siga vivo. En la cárcel. Nunca se atrevió a preguntárselo a su madre y ella, si es que lo sabía, se llevó el secreto a la tumba. Manolo no se parece en nada a su padre. Manolo es un buen hombre. Trabaja sin parar, gana bien, y les da a Nuria y a ella todos los caprichos. Tiene su carácter, sí, pero no es como su padre. Quizá la culpa sea de ella. A veces es intransigente, y voluble. Y poco cariñosa. Cuando se marcha, y sabe que va a estar quince días, incluso un mes, fuera de casa, se siente liberada. Como si le dieran alas. Y no está bien. Vuelve con el café a la mesa. Se le ha pasado el hambre. Sólo con ver los platos llenos se siente repleta. Observa a su cuñada. Unta una rebanada de pan con mantequilla y mermelada. Tiene otras dos en el plato. Paloma, más que comer, devora. Debería cuidarse. Cada vez está más gorda. Será porque ha vivido siempre bien. Sin un problema. Eso también engorda. Tal vez Manolo tenga razón y no debería haber dejado de currar en el supermercado. Tal vez debería hacer más caso de lo que le dice Manolo. Tal vez es verdad que es una caprichosa y una veleta. Pero no se fue del supermercado por falta de ganas de trabajar. Tampoco por defender a una panchita, como dijo la encargada. No sentía especial cariño por Daniela. No se fue por ninguna de esas cosas. Da un sorbo a su café. Lo que daría por un cigarrillo. Lo que daría por tomarse el café mientras se fuma un cigarrillo, como antes. Nunca debió dejar de fumar. Y menos porque se le metiera en la cabeza a Manolo. Por muy bien que se porte con Nuria y con ella, eso no le da derecho a dirigir su vida. Manolo dirá lo que quiera, pero ella sabe que hizo bien yéndose del supermercado. Está segura. Y no sólo porque no se arrepiente, sino porque lo volvería a hacer. Además, si al final decide separarse, ese trabajo no le habría servido de gran cosa. Era un trabajo de mierda, como el que tuvo su madre toda la vida. Deja la taza de café sin terminar sobre la mesa y vuelve la mirada hacia la cristalera. Lo malo es que, si se separa de Manolo, siempre será como su madre. Sola, con una hija y con un trabajo de mierda, o sin trabajo, como ahora. Qué ganas de fumarse un cigarrillo.

HOTEL SOLYMAR. COMEDOR

PALOMA TORRES

Tostadas con mantequilla y mermelada

Termina de untar con mantequilla y mermelada su segunda tostada. La mermelada es de fresa. Con trozos grandes de fruta. Parece casera. En el bufé la sirven en una fuente honda, cada uno se pone la cantidad que quiere en el plato. Probablemente la compren al por mayor. Preguntará la marca a la camarera, quizá también la vendan en tarros pequeños en los supermercados. Héctor corre entre las mesas, molestando a todo el mundo, no hay forma de que se esté quieto. No ha querido desayunar nada. Tampoco Mireia. Al final, lo barato sale caro. Han pagado dos bufés que no se va a tomar nadie. A media mañana les entrará hambre, se empeñarán en que les compre patatas fritas, ganchitos o cualquier otra porquería. Moja la tostada en el café con leche. Lidia dice que se lleva a Héctor y a Mireia a la piscina. A ella Lidia no la engaña, le gusta ese chico con pinta de gitano, un saltimbanqui, pero al menos que sirva para que se ocupe de sus hermanos, sobre todo de Mireia. No se quita a Mireia de la cabeza. Ni a Mireia ni a su trabajo. Las dos cosas le están amargando las vacaciones. O piensa en una o piensa en la otra. No hay forma de que las meta tres días entre paréntesis. Mira a Antonio. Desayuna en silencio, inmerso en sus pensamientos. Dichoso él, que puede pensar sólo en lubinas. Aunque gasten lo menos posible, que ya lo hacen, con su sueldo no llegan a fin de mes. Y que ella encuentre otro trabajo, con los millones de parados que hay, sería un milagro. Nota que se enfada otra vez. Sabe que, si no hace algo para remediarlo, terminará explotando. Coge otra tostada y la unta bien de mantequilla. Ahora atacará la mermelada. Rocío, que está sentada enfrente, la observa con expresión de reproche. Piensa que está gorda. Lo sabe. Pero le da lo mismo. A ella tampoco le gusta lo que hace Rocío con la comida. Ha dejado el plato lleno, sin apenas haberlo tocado. Come sólo con los ojos. Le entran ganas de decírselo, pero se las aguanta. Su suegra pela su segunda naranja. Pilar nunca los dejará en la estacada, pero su pensión es tan pequeña que da para bien poco. A veces piensa que, si las cosas se ponen feas, Antonio siempre podría pedir ayuda a Manolo. Manolo tiene un buen sueldo, pero gasta más de lo que gana y es probable que no tenga ahorrado ni un céntimo, incluso hasta puede que tenga deudas. Cuando lo piensa, su enfado aumenta considerablemente. Sabe que no tiene razón, no es asunto suyo, pero necesita colocar su rabia en alguna parte, echarle la culpa a alguien de sus preocupaciones. Y le ha tocado a Manolo. Al fin y al cabo, Manolo ha vivido siempre mejor que ellos. Ellos se propusieron seguir a rajatabla lo que repetía, día sí y día también, su suegra, cuanto menos se tiene, menos se necesita. Manolo, en cambio, ha hecho todo lo contrario. El dinero se le escapa de las manos. Coches. Móviles. Cenas. Ropa. Vacaciones. Y al final, parece una broma de mal gusto, van a ser ellos quienes tengan que pedirle ayuda. La idea le desagrada tanto que se jura a sí misma que hará lo que sea para que Antonio no se vea obligado a recurrir a su hermano. Moja la tostada en el café con leche. Empieza a enfadarse también con su suegra. Su suegra podría salir a ver qué hacen sus nietas. Pero ahí está, haciéndole arrumacos a Nuria y esperando a que Rocío, que no come, termine su desayuno. Siempre ha querido más a la familia de Manolo que a la suya, cuando Antonio es mucho más cariñoso con ella que Manolo.

La tostada, demasiado mojada, se rompe y cae dentro del café salpicando el mantel. Su enfado aumenta considerablemente. Lo que más miedo le da es tener que volver al extranjero. Vivió en Suiza hasta los seis años. A su regreso, le costó tanto que la aceptaran en el pueblo que olvidó hasta el francés, que hablaba de corrido. No quería distinguirse, por nada, en ninguna parte. No había un niño en la escuela que no la considerara forastera. No jugaban con ella. Se burlaban de ella continuamente. Se hartó de oírse llamar bollo suizo. Intenta ahuyentar el miedo. Meterlo entre paréntesis. Pero le resulta imposible. Le asusta tener que dejar el barrio y su casa y, sobre todo, que sus hijos crezcan en otro lugar. No quiere que pasen por lo que pasó ella. Al final, si te vas, aunque vuelvas, no eres de ninguna parte. No acabas de encontrarte a gusto en ningún sitio. En todos lados te consideran una extraña. Cuando vaya al pueblo en agosto, lo hablará con su padre, también con su madre. Ahora están contentos, porque les ha quedado una pensión, pero sabe lo mal que lo pasaron, sobre todo los primeros años. Su padre se lo ha dicho muchas veces. Echaban de menos el pueblo, su gente, sus costumbres. Y, además, en Suiza no se lo pusieron fácil. Tenían problemas por el hecho de ser de fuera. La gente los miraba mal. Con desconfianza. Como si fueran diferentes. Cuando ella lloraba durante la noche, los vecinos llamaban a la policía. Su madre no pegaba ojo, se lo ha contado muchas veces. Nota que se le hace un nudo en la garganta. No puede terminarse la tostada. La deja en el plato y se bebe el café con leche, de un único trago largo. Al levantarse de la mesa, se fija en que Rocío tiene cara de morirse de ganas de fumarse un cigarrillo. Es absurdo lo que hace. No entiende que siga fingiendo que lo ha dejado. No engaña a nadie.

Aunque Paloma no lo sabe, su padre, Juan Manuel Torres, acaba de salir al jardín delantero de la casa que se hicieron en el pueblo al volver de Suiza.

En Suiza, Juan Manuel Torres trabajaba de albañil y su mujer, María Mercedes Ortiz, de operaria en una fábrica textil.

Con el dinero que ahorraron se hicieron una casa en el pueblo a su regreso. En el terreno circundante sembraron un huerto. Criaron gallinas. Adornaron el pequeño jardín delantero con cinco enanos de cerámica. Recuerdo de Suiza.

Juan Manuel Torres acaba de salir al jardín delantero de su casa. Monta en cólera al ver que alguien ha roto de una pedrada uno de los enanos de cerámica del jardín.

Juan Manuel Torres y María Mercedes Ortiz culpan a los niños de los marroquíes que han venido al pueblo para ganarse la vida, ahorrar y poder comprarse una casa, poner un huerto y criar gallinas cuando vuelvan a sus lugares de origen.

Y quizá, también, tener un jardín delantero adornado con enanos de cerámica como recuerdo de sus años en el extranjero.

HOTEL SOLYMAR. PRIMERA PLANTA. HABITACIÓN 109

MANOLO MOSCARDÓ

Esa historia no se la ha contado a nadie. Además, no tiene importancia.

Se despierta de malhumor, y con la boca como si hubiera comido estropajo. Daría cualquier cosa por una botella de agua fría. Vuelve a acordarse con rabia de que el agua está en la nevera de su hermano. Su hermano. Está harto de su hermano. También de su cuñada. Siempre haciéndose las víctimas, cuando son unos privilegiados. Están los dos muy mal acostumbrados. Con eso de que es funcionario, su hermano no ha dado palo al agua en la vida. Aún se acuerda de cuando se sacó las oposiciones. Su madre y su cuñada se pasaron un año cuidándole, como si fuera un niño. En cambio de él nunca se ha preocupado nadie, con lo que le costó colocarse y lo que ha sudado por sacar su empresa adelante. A él sí que no le han regalado nada. El dolor de cabeza empieza a disminuir. Los espasmos en la nuca son más distanciados y en los ojos sólo siente pinchazos de cuando en cuando. Pero sigue con ganas de vomitar, aunque más leves. Intenta, de nuevo, recordar qué pasó la noche anterior. Estaban en el jardín, sentados en una mesa, un tío gordo y viejo daba la matraca con la cursilería esa del *Bésame mucho*, y la camarera no aparecía por ninguna parte. Luego está en la barra. La camarera le dice, de muy malos modos, que espere su turno y que sólo tiene ganas de que llegue el 15 de septiembre, en que estará en otro hotel, pero ahora de clienta, viendo a otra chica como ella bregar con gilipollas como él, y se va con la bandeja hacia las mesas. Lo dejó con la palabra en la boca. Ahí se pierde. Debió de beberse un par de copas. O quizá tres. Sólo recuerda que la voz no le salía, tenía una sensación de debilidad tremenda, y lo único que quería era llegar a su habitación. Por muchas vueltas que le dé, no hay nada más en su cabeza. Debieron de servirle garrafón, porque no bebió tanto. Las cervezas y las copas de costumbre. Se acuerda de las pastillas de la doctora. Pero hace días que dejó de tomarlas.

De esa historia no le ha contado nada a nadie, y mucho menos a Rocío. Además, no tiene ninguna importancia.

La primera vez que le sucedió fue en el bar. Estaba tomando unas cañas con los colegas. Y, de repente, empezó a encontrarse mal. Débil. No sentía las piernas, pensaba que iba a caerse. Se apoyó en la barra. Debió de ponerse pálido porque sus colegas le preguntaron si le pasaba algo. Lo negó. Pidió un vaso de agua y se lo bebió de un trago. Pero seguía sin estar bien, como si se estuviera yendo de su cuerpo. Tuvo miedo de morirse allí mismo. Después se le quitó. Sin más. Y lo olvidó. Dos días más tarde, mientras esperaba en el coche a que Nuria y Rocío salieran de una tienda, notó que respiraba mal. Sentía una opresión en el pecho. Como si el aire no le llegara a los pulmones. Le dio por pensar otra vez que se estaba muriendo. Que tenía un infarto. Antes de que Rocío y Nuria volvieran ya se le había pasado. Al día siguiente fue al ambulatorio y la doctora le hizo un chequeo. Dio todo perfecto. Le preguntó si tenía algún problema. O estaba estresado. Él no quiso decirle nada. No le iba a contar sus cosas a una médica. Y en cualquier caso, no tenían que ver con que le dieran esos jamacucos. La doctora le mandó unas pastillas. Las tomó un par de días y luego las dejó. No se podían mezclar con alcohol, y no iba a bajar al bar y pedir agua. Sus colegas se habrían descojonado.

El dolor de cabeza ha cesado, también han disminuido las ganas de vomitar. Empieza a tener sueño otra vez. Se tumba bocarriba y al poco rato se queda completamente dormido. Ronca sonoramente.

HOTEL SOLYMAR
PISCINA. AQUAGYM

LAURA AMORÓS

La Filosofía no le interesa. Es mera especulación. Propia de profesores de universidad, en su mayoría hombres sin imaginación, que esconden su mediocridad bajo una prolija erudición.

Aborrece a los profesores de universidad. Sobre todo a Anto, que es al que mejor conoce.

Laura estudió Bellas Artes. Luego empezó Filosofía. Tenía veinticuatro años. Una carrera terminada. Pero ninguna salida profesional. Así que se decidió a ser, como muchos de sus compañeros, una eterna estudiante.

Su madre estaba de acuerdo en que hiciera otra carrera. Sin embargo, le reprochó que su segunda elección fuera tan desacertada como la primera. Sin futuro laboral.

Su madre es oncóloga. Su padre arquitecto. A ambos les va bien. Se sienten satisfechos. Ganan dinero.

Anto era el profesor de Filosofía más popular entre el alumnado. Delgado. Canoso. Atractivo. En la cincuentena. Daba Estética y Teoría del Arte. Contaba con un montón de libros publicados. Algunos premios. Tenía una memoria prodigiosa, sobre todo para las citas. Y era un extraordinario orador.

Laura se lio con él. O, mejor dicho, él se lio con Laura. Anto tenía un harén. Primero la ascendió a favorita. Luego a novia oficial. Estuvieron juntos dos años. Los mismos que Laura estudió Filosofía.

Con Anto aprendió a meterse speed, éxtasis y cocaína. Y a ponérsela dura cuando no se le levantaba. Ni una palabra de Teoría del Arte.

Si le consultaba alguna duda, decía que estaba cansado. Que fuera a clase. Sin embargo, estaba siempre disponible para las alumnas a las que quería seducir. O los alumnos con futuro académico, invariablemente hombres. También departía de Filosofía con sus compañeros de facultad, otros profesores y alguna profesora joven. Y en mesas redondas, jornadas y conferencias, donde era elocuente, encantador y extraordinariamente brillante.

Un día, yendo hacia la Facultad, Laura se dio cuenta de que no existía. Era una sombra. Anto había devorado, íntegro, su tiempo y su espacio.

Y le vino a la cabeza la palabra *vampiro.*

Se aborreció por ser tan necia. Pero sólo durante un instante.

No entró en la facultad. Fue a la casa de Anto, donde vivía desde hacía un año, recogió sus cosas, y volvió con sus padres. Dejó la carrera. Nunca más le cogió el teléfono.

Han pasado tres años.

Laura tiene un cuarto propio en un piso compartido. Ha

dejado de ser una estudiante eterna para convertirse en una eterna trabajadora en precario. Se enfrenta a los vampiros cada día. Para que no se apropien de sus pequeñas porciones de tiempo y espacio. Las que se ha ganado a pulso.

A ratos, se encuentra a gusto.

Reparte los churros acuáticos. Se reserva uno de color amarillo. Le gusta el amarillo. Más que el azul. O el rojo.

Piensa que nunca hará nada para sí misma. No es sólo el tiempo que le quitan los vampiros. Es también el que da sin que nadie se lo pida. No puede evitarlo. Pone el alma en todo. Pende de cada taller como si le fuera la vida en ello. El esfuerzo devora todas sus energías. Se promete no estar nunca más pendiente de cada gesto de los alumnos. Asumir las clases como rutina. No como una obra de arte. Su obra. Ha de guardar tiempo y fuerzas para su obra. La que nunca hará. Sabe que no puede evitarlo. Si no pone el alma en todo se aburre. Quizá sea porque es artista. O porque es mujer. O por las dos cosas juntas.

Reparte los churros acuáticos. La miran obedientes desde el agua. Dispuestos a repetir sus movimientos. La mayoría son mujeres de mediana edad. Hay algún hombre mayor. Una adolescente. Incluso un par de chiquillos. Se reserva un churro de color amarillo. Le gusta el amarillo. Más que el azul. O el rojo. Abre un poco las piernas. Se afianza en el borde de la piscina. Confían en ella. Agarra el churro en alto, por los extremos. Entre las dos manos. Con fuerza. Confían en ella. Es incapaz de decepcionarlos.

Pone el alma en todo. No puede evitarlo. Pende de cada taller como si le fuera la vida en ello.

Lleva el churro hacia la izquierda. Uno. Abajo. Introducen con dificultad el churro en el agua. Dos. A la derecha. Abajo. Un par de churros saltan por los aires. Risas. Estira mucho los brazos. Hacia arriba. Todo lo alto que puede. Salta. Saltan. Con más o menos torpeza. Levantan olas de agua.

Si no pone el alma en todo se aburre. No puede evitarlo.

Uno. A la izquierda. Y abajo. Dos. A la derecha. Y abajo. Salta y estira mucho los brazos. Todo lo alto que puede. Arriba.

HOTEL SOLYMAR
PISCINA. AQUAGYM

ROCÍO JIMÉNEZ

Uno. Dos. Y arriba. Hay tanta gente dentro de la piscina que es imposible seguir la clase sin chocar los unos con los otros. Sobre todo por culpa de los críos. Aborrece a los críos en el agua. Gritan. Salpican. Se te echan encima. Intenta sortearlos mientras repite los movimientos que indica la monitora. Uno, a la derecha. Dos, a la izquierda. Y arriba. Salta y levanta todo lo que puede los brazos. Uno. Dos. Y arriba. El último salto la desplaza hacia la zona de la piscina en la que hacen acrobacias los rumanos. Retrocede un par de metros para evitarlos y choca con una mujer que practica aquagym como ella. Se disculpa y vuelve a concentrarse en los movimientos. Uno. Dos. Arriba. Uno. Dos. Patada al frente. Manolo aún no ha bajado. Sigue durmiendo. Ojalá no se despierte hasta la noche. Vuelve a acordarse de Daniela. Es pensar en Manolo y venirle a la cabeza Daniela y lo del supermercado. No puede evitarlo. Manolo dirá lo que quiera. Y también la encargada. Manolo y la encargada pueden decir lo que les dé la gana. Le da lo mismo. Ninguno de los dos tiene razón. Uno. Dos. Arriba. Uno. Dos. Patada al frente. Uno. Dos. Patada atrás. Es verdad que Daniela era una buena compañera, siempre dispuesta a hacer favores. Le cambiaba el turno si hacía falta, la cubría cuando iba al baño a fumar y solía llevarle tarta, las hacía muy buenas, durante un tiempo había trabajado en un restaurante, porque sabía cuánto le gustan los dulces. Pero no fue por defender a Daniela, ni por hacerse la heroína, ni porque estuviera hasta las narices de trabajar en el supermercado. Uno de los rumanos se lanza al agua de una voltereta. Acabarán cayendo sobre alguien y provocando un accidente. Son unos salvajes. Aunque se pasen años entre gente normal, siguen siendo unos salvajes. No iría a Rumanía ni loca. No puede imaginarse un país en que sólo viva gente como ésa. Da miedo. Uno, a la derecha. Dos, a la izquierda. Y arriba. Uno. Dos. Patada al frente. Uno. Dos. Patada atrás. Es verdad que la encargada la tenía tomada con Daniela. No la dejaba en paz un minuto. A veces, se la encontraba en el baño llorando. Que no aguantaba más, decía, pero no podía quedarse sin el trabajo. Lo necesitaba. Y también es verdad que el que la despidieran de repente, sólo porque se había llevado un pescado pasado que iban a tirar, la afectó. Y más aún que Daniela llorara, y suplicara hasta humillarse delante de la encargada. A quién no. Su sobrina Lidia mira embobada a los dichosos rumanos. A esa chavala únicamente le gusta la mala gente. Un día de estos tendrán un disgusto. Paloma es tonta, no se da cuenta de nada. Ni siquiera de lo crecida que está su hija. Uno. Dos. Y arriba. Uno. Dos. Patada al frente. Uno. Dos. Patada atrás. Uno. Dos. Lo deja. El aquagym la aburre. Es todo el rato lo mismo. Se encamina hacia los chorros. En realidad, su relación con Daniela no era estrecha. No sabía de dónde procedía, ni si estaba casada. Nunca hablaron de nada personal. Sólo sabía que tenía hijos. Había una niña de unos diez años que iba a buscarla a veces a la salida del trabajo. Aún las ve alejarse a las dos de la mano. La cría con su mochila escolar y Daniela con sus bolsas de la compra. Se detiene en medio de la piscina. Entre la gente. En los chorros está su suegra. No tiene ganas de hablar con ella. No. No fue por Daniela. Ya estaba harta antes, aunque no se había dado cuenta. Durante meses hizo su trabajo. No se metió en nada. Como le decía Manolo, lo que pase en la tienda no te importa. Lo malo es que le importaba. Aunque no lo supiera, le importaba. Y llegó el día en que no pudo fingir lo contrario. Ni Daniela, ni afán de protagonismo. La dichosa dignidad. Una palabreja que le suena cursi y anticuada. Hasta ridícula. Sólo que no encuentra otra que exprese mejor lo que sintió en aquel momento. Nada más despedirse, se compró un par de pantalones, unas sandalias y tres camisetas. Y luego fue a la peluquería, y no sólo se cortó el pelo, sino que se hizo la manicura. Lo pagó todo con la tarjeta de crédito. Volvió a ser la Rocío caprichosa y derrochadora, siempre dispuesta a hacer tonterías, que le gusta. Tan diferente a su madre. Después entró en un bar, se sentó en una mesa y se bebió una copa de Baileys con hielo. Y de golpe, con el último trago de Baileys, se acordó de la palabreja esa. *Dignidad.* Se la había oído mil veces a su madre cuando era niña. Su madre la crió sola y no fue fácil. Si pusieran en fila todas las escaleras que fregó a lo largo de su vida, llegarían al cielo o más arriba. Ella solía ayudarla al salir del colegio. Mientras limpiaban, su madre le respondía a todas sus preguntas. Le hablaba como si fueran de la misma edad. Eran colegas. Y felices. Su madre transigió con muchas cosas injustas, a veces no la daban de alta o le pagaban las horas por debajo de su precio, pero tragaba, había que sobrevivir, mientras no estuviera en juego lo que ella llamaba su dignidad. Entonces ni se lo pensaba. Rocío aún puede oírla: «Me he despedido del trabajo y, hasta que me salga otro, tendremos que ir más apretadas, hija, me han tocado mi dignidad». Siempre usó esa palabra. *Dignidad.* Ella la apoyaba, aunque significara quedarse sin almuerzo, no encender la calefacción, o llevar libros usados al colegio o un baby heredado de otra compañera. Lo de la dignidad fue un acuerdo tácito entre las dos. Ella nunca lo rompió. Sin embargo, no lo supo hasta después de lo del supermercado. Cuando se bebió el Baileys y le vino, de nuevo, la palabra a la cabeza. *Dignidad*. Siente unas ganas enormes de llorar. Manolo podrá decir lo que le dé la gana. Pero ella sabe que hizo bien. Su madre habría hecho lo mismo. No iba a dejar que le tocaran su dignidad. Uno de los rumanos salta, otra vez, al agua de una voltereta. Odia a los rumanos con toda su alma. Deberían prohibirles la entrada. Sale de la piscina furiosa. Su suegra, desde los chorros, la mira inquieta.

Coge el bolso y baja a la playa.

Se sienta contra el muro y enciende un cigarrillo. Han pasado tres años desde que murió su madre. Tiene las manos mojadas. El cigarrillo se humedece y se rompe. Lo arroja lejos. Nunca ha vuelto por el cementerio. Siente que las lágrimas se le agolpan en los ojos. Fue a verla al hospital. Pero no se lo dijo. Y es que entonces no lo sabía. No sabía cuánto la quería.

LA DANZA DEL SOL

Verdes. Azules. Amarillas. Moradas. Las faldas de los bailarines giran como enormes soles de colores chillones. Es primavera. Un tiempo dulce, blando, de formas suaves y sonidos y aromas penetrantes, envuelve el jardín. Tamer gira. Abdu gira. Aisha gira también. Todos los niños giran. Giran, y al girar sus manos se rozan. Giran, se alejan. Sus manos acarician el aire. «*¿Dónde estás? Dime, ¿por qué te escapaste? Mi corazón te busca, pero no te encuentra*». En las mesas, cubiertas por manteles blancos, los mirlos picotean los restos de comida de los platos. La tarta se alza esbelta, coronada por la pareja de novios, sobre la tarima presidencial. Es el día de la boda de su primo el mayor. «*Dime, ¿por qué te escapaste? Mi corazón te busca, pero no te encuentra*». Aisha gira con su vestido amarillo como el sol ebrio de felicidad que invade la habitación y lo aleja de Abdu, que, con gesto huraño, reparte en dos platos la comida que ha bajado a comprar. Tamer no tiene hambre.

Aisha Al-Zahar tiene doce años, el pelo castaño claro, un poco ondulado, y unos ojos grandes de color miel, *ashal*, se dice en árabe.

Aisha Al-Zahar algunas noches no puede dormirse pensando en qué ropa va a ponerse al día siguiente y en Amin, su vecino, que es alto y moreno y acaba de cumplir trece años. A veces, cuando nadie la ve, Aisha se echa el perfume de Ema, su hermana mayor. Ema la olfatea, y se ríe si está de buen humor, o se enfada, si está de malo. Ema ha cumplido catorce años y tiene una barra de labios rojo oscuro y un bote de kohl, y una sombra de ojos azul pálido y un colorete y una borla muy suave para echárselo. A veces, cuando nadie la ve, Aisha se pinta los labios de rojo oscuro y se maquilla los ojos con sombra azul pálido y kohl y se esconde de las miradas con Amin, en el patio de la casa. A Aisha le gusta ir al cine y ver películas de terror, cuelga sus fotos en Facebook, y sueña con el móvil que su padre le ha prometido para el día que cumpla trece años.

Aisha Al-Zahar tenía doce años, el pelo castaño claro, un poco ondulado y unos ojos grandes de color miel, *ashal*, se dice en árabe.

Era la boda de su primo el mayor. La fiesta duró hasta la madrugada. «*Mi corazón te busca, pero no te encuentra*». Las faldas de los bailarines giraban como enormes soles de colores chillones. «*Dime, ¿dónde estás? ¿Por qué te escapaste?*». Tamer giraba. Abdu giraba. Todos los niños giraban. Aisha giraba también. Con su vestido amarillo como el sol que entra por la ventana ese mediodía. Tamer no tiene hambre.

Tan, tan, tan.

La voz se desliza en un gemido: «*Vivimos. Estamos agradecidos. Vivimos*». Tan, tan, tan. La voz demanda, anhelante: «*Tú eres la tierra. Ten misericordia. Vivimos*». Tan, tan, tan. Tan, tan, tan. Los danzantes levantan los ojos al cielo. Sus pechos vibran. Se mueven. Rápido hacia delante. Despacio hacia atrás. Suenan los tambores. Tan, tan, tan. Las piedras, verdes, azules, amarillas, moradas, de los collares vibran sobre sus cuerpos desnudos. El viento agita las plumas blancas que cuelgan de sus cabelleras negras. Hacia delante. Hacia atrás. Se mueven. La cuerda que los une al árbol se estira. A cada movimiento hacia atrás la cuerda se tensa. Se estira. Se estira. Tan, tan, tan. La voz gime: «*Vivimos*». Hacia delante. Hacia atrás. Resuenan los tambores. Tan, tan, tan. La cuerda se tensa. Se aleja tensa del árbol que la apresa. «*Tú nos das alimento. Haces dichosa a nuestra gente*». La carne se desgarra. El cuerpo cede. Se libera de la cuerda y brota sangre. «*Volverán las manadas de bisontes*». El mundo se renueva.

Tambor, tambor.

«*Tambor que llama a tambor. Tambor, tambor, tambor de mi madre tierra*». Los bañadores, verdes, azules, amarillos, morados, giran en el agua. La música de la megafonía anima el baile. Es la danza del sol. Al mediodía. Como todos los días del verano. Al mediodía. Los bañadores, verdes, azules, amarillos, morados, giran en el agua. Bajo el sol. Al mediodía. «*Tambor, tambor, tambor que llama a tambor. Tambor, tambor, tambor de mi madre tierra*». Laura se mueve con agilidad en el borde de la piscina. Abajo, en el agua, mujeres, hombres y niños repiten sus movimientos.

«*Oye*». La mano izquierda extendida. En la oreja. «*Abre tus ojos*». Las manos cubren los ojos. Los descubren poco a poco. Al compás de la música. «*Mira hacia arriba*». Los ojos buscan el cielo. También los brazos lo buscan. Los dedos índices señalan al sol. «*Disfruta las cosas buenas que tiene la vida*». Hacia delante. Hacia atrás. Los pies se desplazan. Las manos acarician el aire. «*La la la la la la la la*». A la derecha. A la izquierda. Danzan. A la derecha. A la izquierda. «*¡Hey!*». Un salto. Hacia el sol. Todo lo alto posible. «*Tambor, tambor, tambor, que llama a tambor. Tambor, tambor, tambor de mi madre tierra*». Las manos golpean rítmicamente el agua.

«*Oye. Abre tus ojos. Mira hacia arriba. Disfruta las cosas buenas que tiene la vida*». Laura se mueve con agilidad en el borde de la piscina. Abajo, en el agua, mujeres, hombres y niños repiten sus movimientos. «*Tambor, tambor, tambor que llama a tambor. Tambor, tambor, tambor de mi madre tierra*».

Tambor, tambor.

El cuerpo se libera. El mundo se renueva. «*Volverán las manadas de bisontes*». Los danzantes miran al cielo. «*Estamos agradecidos. Vivimos*». Tan, tan, tan. El viento agita las plumas blancas que cuelgan de sus cabelleras negras. «*Vivimos*».

Tan, tan, tan.

Sus manos tocan las de Aisha. Las faldas de los bailarines giran como enormes soles de colores chillones. Verdes. Azules. Amarillas. Moradas. La fiesta duró hasta la madrugada. Era la boda de su primo el mayor. Aisha giraba con su vestido amarillo. Como un sol. «*Mi corazón te busca, pero no te encuentra. Dime, ¿por qué te escapaste?*».

Aisha Al-Zahar no cumplió trece años. Quedó sepultada bajo la casa de sus primos. De madrugada. Un dron manchó de rojo el cielo. Y eclipsó el sol.

«*¿Dónde estás? Mi corazón te busca, pero no te encuentra*».

HOTEL SOLYMAR. PISCINA

MIGUEL NOGUÉS

El pequeñajo de los manguitos de *Bob Esponja* llega hasta el borde de la piscina con un aro verde en la mano. Da saltitos intentando ensartarlo en la base, pero no alcanza. Chucky se le acerca por detrás para arrebatárselo. Miguel se agacha rápidamente y lleva el pivote al agua, a la altura del pequeñajo. Chucky grita que está haciendo trampas. Todos los críos gritan a la vez que está haciendo trampas. Imposible razonar con ellos. El de los manguitos se echa a llorar. También llora Chucky, tan alto como le permiten sus pulmones. Está harto. Tiene ganas de tirar la toalla y volver a casa. Pero no puede. Lleva trabajando un mes y aún no ha cobrado nada. Como no tenía experiencia de animador le obligaron a hacer un cursillo de una semana y dos semanas de prácticas. Los quince días que curró en junio fueron, precisamente, las prácticas. Cuando por fin le paguen a finales de julio le descontarán ciento ochenta euros por el cursillo. Además del IRPF y la Seguridad Social. Cobrará cuatrocientos sesenta euros por un mes de trabajo, incluyendo noches y fines de semana. Está harto. Y cansado. Sobre todo cansado. Pero no puede dejarlo, sentarse de nuevo junto a su padre en el sofá y contarle su fracaso. Recoge los aros malhumorado. Les dice a los críos que tienen razón. Que no ha valido. Que vuelven a empezar. Parece que eso los tranquiliza. En el colegio se unía siempre al grupo de los populares y participaba de sus burlas crueles. Lo hacía para mantenerse a salvo. Pura supervivencia. Aún siente, de cuando en cuando, la punzada del remordimiento. Pero no hay otra manera de salir ileso en un ambiente hostil que ponerse del lado de los más fuertes. Mira hacia el otro extremo de la piscina. Por costumbre. Sabe que Laura no está. Es sábado por la tarde y ha ido de excursión al pueblo. La recuerda la noche anterior. Apoyada en la barra. A su lado. Tan cerca que le habría bastado moverse un milímetro para tocar su cuerpo. Pero no se movió. Siguió quieto. Compartiendo el gin-tonic en silencio. Como cada noche. Le cabrea pensarlo. Se siente estúpido. ¿Por qué no lo hizo? Pensó que lo rechazaría. Arroja de nuevo los aros al agua. Ningún niño le hace caso ya. Se han olvidado de él y del juego. No le preocupa. Al contrario. Le permite disfrutar de un poco de tranquilidad. La ha visto hace un rato, antes de irse al pueblo, en el vestuario. Se estaba cambiando de ropa. La observaba desde la puerta sin que ella se diera cuenta. Tiene la espalda ancha y dorada. Y un bonito culo respingón. Se imagina detrás de ella. Rodea su cuerpo con los brazos. Pone las manos sobre sus pechos. Ella se vuelve y lo besa. Tiene los labios suaves. Como la piel. Aún no los ha probado. Pero lo sabe. Debería decidirse de una vez. Se lo está pidiendo a gritos con cada uno de sus gestos. El pequeñajo recoge todos los aros abandonados y se dirige a la base. Miguel echa un vistazo al diablo de Chucky. Juega a Marco Polo al otro lado de la piscina. Acerca el pivote al agua. El enano ensarta, uno a uno, los aros y le sonríe con complicidad. Por un instante, se siente menos Clark Kent y un poco más Superman.

HOTEL SOLYMAR. PISCINA

NURIA MOSCARDÓ: 14 AÑOS
3.º DE E.S.O. HIJA ÚNICA

Tiene ojos de búho.

Aún recuerda el tortazo que le dio su padre cuando lo dijo en el hospital. Mireia acababa de nacer. Era pequeña, arrugada y fea. Con ojos de búho. Sus padres tuvieron una bronca tremenda en el pasillo. Luego su madre la llevó a la cafetería. Le puso hielo en el moflete y le compró una Coca-Cola para que dejara de llorar. Tenía tres años.

Es idiota y tiene ojos de búho.

Juegan a Marco Polo en la piscina. Mireia se la liga, mantiene los ojos cerrados, muy prietos, concentrada en contar hasta diez.

Cinco.

Seis.

Ojos redondos como los de un búho, aunque ahora no se le vean.

Siete.

La odia. Mireia lleva pantalones cortos de chico y un top de gimnasia porque no quiere usar bikini. Paloma le deja hacer lo que le da la gana. La odia.

Ocho.

Hay otras niñas a las que también odia, pero a ninguna como a Mireia. Es una rabia muy fuerte, le sale de dentro y no la puede controlar. Un deseo grandísimo de hacer daño. Tan enorme que acaba por ser más grande que el miedo. Se parece a lo que le pasa cuando sus padres se llevan bien, se besan todo el rato y no se acuerdan de ella. Los odia. Hace todo lo que puede para que se enfaden y su madre vuelva a ser su amiga y vayan juntas al cine y de compras.

Los jugadores se han ido dispersando por la piscina, situándose lejos de Mireia, para que no les dé alcance. Ella, no. Ella se ha quedado quieta. Muy cerca de su prima.

Nueve.

Una vez empujó a una niña que estaba sentada en un murete. Llevaba una cola de caballo sujeta con un lazo blanco. No la conocía. Fue como un subidón. Ni lo pensó. La empujó con todas sus fuerzas. Cayó rodando hasta abajo. Se rompió un brazo.

Diez.

Mireia ha terminado de contar. Grita, «¡Marco!». Los demás responden, «¡Polo!». Se mueve insegura en el agua, con los ojos cerrados y las manos extendidas hacia delante, guiándose por las voces.

Nuria salta sobre ella. Le hunde, con fuerza, la cabeza en el agua. Siente cómo forcejea bajo sus manos buscando la superficie para coger aire.

La suelta.

Mireia sale del agua muy roja, con los ojos de búho más abiertos que nunca. No dice nada. Se da la vuelta y se aleja.

DEL HIDRÓGENO Y DEL OXÍGENO NACE ESTE REVOLTIJO

PILAR TREVIÑO

En el agua se está mejor que en ningún sitio. Pilar deja que el chorro grande le masajee la espalda. Le viene a la cabeza *El mago de Oz*, una película que vio en vídeo con su nieta Nuria cuando era pequeña. En el agua se está mejor que en ningún sitio. Le suena que alguien decía algo parecido. Pero no recuerda quién, ni la frase exacta. Héctor salta a su cuello gritando que ha ganado y le apretuja la cara entre los manguitos de *Bob Esponja*. Mireia se cuelga, también, del cuello de su abuela. La aparta. Mireia pesa mucho y la hunde. De pronto le viene a la cabeza cómo era en realidad la frase. Se ríe para sus adentros. No era en el agua. Sino en casa. La decía Dorita, después de que se la llevara el tornado. En casa se está mejor que en ningún sitio. Un ligero desánimo se interpone entre ella, los chorros y el sol, como una sombra. Ya no tiene casa. Mueve la cabeza a un lado y a otro. Intenta apartarlo. No es fácil vivir sin un sitio propio. Hay momentos en que a una le hace falta soledad para pensar y arreglar cuentas con el pasado, con sus muertos. Se acuerda de su madre y de su hermana Tere, y también de su padre y de Antonio. A veces, además, echa de menos algunas cosas. Como la Singer de su madre. Con ella aprendió a coser, y mira que luego ha cosido años con mil máquinas distintas, las de todas las casas en las que trabajó como costurera, pero la Singer era única. No cabía en ninguna parte y Antonio la bajó a la basura. A él también le dio pena, se lo confesó después, cómo no se la iba a dar si la había visto coser con ella toda la vida. Le contó que una mujer se había detenido a mirarla y él regresó sobre sus pasos y le explicó que era de su madre, y antes había sido de su abuela, y que si le gustaba podía ayudarla a subirla a su casa. Ahí fue donde metió la pata, la mujer se negó y apretó el paso. Y la Singer se quedó sola en mitad de la calle. Al día siguiente ya no estaba. Debieron de llevársela los gitanos. Suelen recorrer las calles por las noches, con un camión, buscando cosas que vender. Ahora la mayoría son rumanos. Quizá por eso a ella siempre le gustó coser, porque era en lo único en que su madre y Tere estaban de acuerdo, en su amor por la costura. Tere se sabía los mismos dichos que su madre, los que solía decir la abuela, y los repetían las dos, a coro, mientras cosían. Aún se acuerda: «Costurera sin dedal cose poco y cose mal», «Coser y cantar, todo es empezar» y aquello de no dar puntada sin hilo que le hacía tanta gracia. Ella no se los enseñó a sus hijos, con eso de que eran varones. Ni a sus nietas. Cuando se muera, nadie los recordará en la familia. Tampoco recordarán a Tere o a su madre. Se le hace raro. Cuántas cosas, y cuántas personas, se van para siempre con una. También en esas ocasiones, en las que cosían las tres juntas, ponían la radio. Oían los folletines, que hacían llorar a Tere y reír a carcajadas a su madre. Alrededor de la Singer estaban en paz. Los desacuerdos eran mínimos, e inocentes, y no importaban. Se los tomaban con humor. Fuera de la costura, a Tere le parecía mal todo lo que pensaban o hacían sus padres. Por eso echa tanto en falta la máquina. Le traía a la memoria los momentos dichosos de su infancia. En realidad, lo que le pasaba a Tere, ahora lo sabe, era que tenía miedo. A Tere la crio la abuela, en el pueblo, mientras sus padres estaban en la cárcel. En sus primeros años de vida, apenas los vio tres veces porque andaban en el frente. Luego los metieron en la cárcel. Cuando salieron, ni se acordaba de ellos. Por eso tenía miedo. Miedo de volver a perderlos, miedo a quererlos y quedarse sola de nuevo. Pilar nació tarde. Tere tenía ya quince años. Murió hace cuatro. Se pasó la vida enfadada con ella, le parecía mal todo lo que hacía. En el fondo, le guardaba rencor porque creció con el cariño de sus padres, algo que a ella le faltó. Había que ver cómo se enfadaba si su madre le leía cuentos o se iba a nadar con su padre. Tal vez tenía razón Tere y sus padres no hicieron bien educándola como la educaron, porque luego le costó mucho conformarse. Vivir como todo el mundo. Le costó, sobre todo, hacerse a su marido. Se hartó de aguantarle el malhumor, y los malos modos. Y de que se quejara todo el rato de la comida. Entonces a ella no le gustaba cocinar como ahora, sino leer, igual que a su madre. Antonio le tiraba los libros al cubo de la basura. Después le perdió la afición. Tenía demasiadas cosas que hacer en casa y estaban los críos, que dan mucho trabajo. Pero siempre ha echado de menos enfrascarse en la lectura y olvidarse, aunque sea por un rato, de todo lo demás. Jamás se lo dirá a sus hijos, pero descansó cuando se murió su marido. Está mal pensarlo, lo sabe, pero quererlo no lo quería. Ni siquiera había logrado, después de tantos años, acostumbrarse a él. Estuvo a punto de dejarlo nada más casarse. Se habría ido, con Antonio recién nacido en brazos, pero Tere no se lo permitió. El matrimonio era para toda la vida y una vez casada ya no había vuelta atrás, le dijo. Y así fue, hasta que se murió. La muerte lo arregla todo. Qué bruta. Le entran ganas de santiguarse. Cómo puede pensar semejante cosa. No está bien desearle la muerte a nadie. Se libera de los brazos de Héctor y lo manda a jugar con Mireia, que está embobada en el centro de la piscina. Lo de esa niña es preocupante. No entiende cómo Antonio y Paloma no se dan cuenta. Se queda libre la cascada de agua. Va hacia allí, antes de que la ocupe alguien. Ya sólo le queda probar el cuello de cisne, pero es un chorro demasiado escaso para su gusto. Lidia se ha puesto el bikini amarillo de volantes que le regaló su prima y que aún no había estrenado y está otra vez comiéndose con los ojos al volatinero. Se creerá que ella es tonta y no se entera. No le gusta, tiene pinta de gitano. Hay un montón de chicos normales en el hotel. Pero es ley de vida, los hijos, y los nietos, sólo hacen a la contra. Menos mal que no ha tenido hijas, no habría sabido qué hacer con una chica.

La madre de Teresa y Pilar Treviño se llamaba Dolores López.

Dolores López nunca se lo contó a nadie. Durante seis años. Todos los días. Al caer la noche, espera en silencio. Se aprieta en la celda contra las otras mujeres. En silencio. Hasta que llega la hermana Eugenia con los nombres. La hermana Eugenia. Toda vestida de negro. Menos el delantal. Limpio y blanco. Del que cuelga el rosario. Que da a besar a las condenadas a muerte. Y a las moribundas. Les da a besar el rosario. Llega la hermana Eugenia. Con los nombres. Y el delantal limpio y blanco. Las fusilan de madrugada. Contra las tapias del cementerio. Después de besar el rosario.

Al caer la noche, apretujada en la celda contra las otras mujeres, piensa en su niña. En su Tere. Lloraba cuando se la llevaron. Se agarra a su pierna para que no las separen. La apartan de una patada. Como a un perro. No sabe si volverá a verla. Lloraba. Cuando se la llevaron.

Al bajarse del tren no la reconoce. Una niña alta. Flaca. Muy seria. Con ojos grandes. De susto. Al bajarse del tren no la reconoce. Se esconde detrás de la abuela. En el rostro de la abuela, su madre, se acumulan los reproches.

Al bajarse del tren no la reconoce y ella quiere volver a la celda. Pero está su niña. Flaca y seria. Quiere volver a la celda. Pero se queda. En esta otra celda. Con su niña.

Durante seis años. Todos los días. Al amanecer, se acurruca en el suelo de la celda. Finge que duerme. Como sus compañeras. Espera en silencio. Finge que duerme. Como sus compañeras. Hasta que suenan los disparos en el cementerio. Suenan los disparos y los cuenta. Uno a uno. Los cuenta.

Suenan los disparos. Los cuenta. Y piensa en su niña. En su Tere. La apartaron de una patada. Como a un perro. Mientras la meten en el camión la oye llorar. En el interior de la casa. La llama. No sabe si volverá a verla. Mientras la meten en el camión. La llama.

Está sentada a su lado. En la puerta de la casa. En el pueblo. Le pone la mano en la tripa. Y siente agitarse a su hermana. Faltan dos meses. Para que nazca. Pilar. Su hermana.

En la puerta de la casa. En el pueblo. Tere le pone la mano en la tripa y ella se enfada. Cuando Tere le pone la mano en la tripa y siente agitarse a su hermana. Ella se enfada. Porque le robaron su infancia. Se enfada.

Durante seis años. Todos los días. Por la mañana, se agarra a los barrotes del ventanuco de la celda. Mira a los bebés. Abajo. Lloran en el patio. Las madres suplican. En el patio. A la hermana Eugenia. Toda vestida de negro. Menos el delantal. Limpio y blanco. Del que cuelga el rosario. Con el que bendice a los niños muertos. Las madres suplican a la hermana Eugenia. Que les devuelva a sus hijos. Que no los mate de hambre. De frío. A la intemperie. Todas las mañanas, los llantos de las madres. Y de los niños. Se mezclan en sus oídos.

Todas las mañanas oye los llantos de las madres y de los niños. Y piensa en su niña. Su Tere. La oyó gritar. En el interior de la casa. Mientras la metían en el camión la oyó gritar en el interior de la casa. Su madre, la abuela, escribe que la han bautizado. María Teresa. Y que rezan juntas. Por las noches. No sabe si volverá a verla. Mientras la metían en el camión la oyó llorar. En el interior de la casa.

Durante el parto aprieta con fuerza las piernas. Para que no salga. Pilar. No quiere que salga. Y se la roben. Como a su otra niña. Su Tere.

Durante el parto aprieta con fuerza las piernas para que no salga Pilar. Dentro está a salvo. Pilar. No quiere que salga y se la roben. Como a su Tere.

Dolores López, la madre de Teresa y Pilar Treviño, nunca se lo contó a nadie.

Quiso contarlo. A veces. Pero no pudo. No daba con las palabras.

El padre de Teresa y Pilar Treviño se llamaba Fermín Treviño.

Fermín Treviño nunca le contó a nadie que le tocó vigilarlo toda la noche. Su última noche. Era un fascista. El boticario era un fascista y un cabrón. Se le juzgó. Era un fascista y un cabrón. Se hizo justicia. Se condenó a muerte a ese cabrón.

El boticario tenía una chupa. Una buena chupa de cuero, de las que pesan mucho y huelen a bicho. Una chupa que abrigaba de verdad. Nadie en el pueblo tenía una igual.

Lo condenaron a muerte a ese cabrón. Él era un crío entonces. Un crío con una pistola. Le ataron las manos a la espalda y lo sentaron en un banco al muy cabrón. Llevaba puesta la chupa. Él se sentó enfrente. Le apuntaba con la pistola. Y olía el cuero de la chaqueta. Una chaqueta con buenos bolsillos, grandes, y cremallera.

El boticario era un fascista. Y un cabrón. Le apuntó toda la noche con la pistola. Era un fascista. Y un cabrón. Pero enfrente, mientras le apuntaba con la pistola, sólo veía a un hombre. Con dos manos. Con dos piernas. Y dos ojos tan asustados como los suyos. El miedo se posaba sobre la habitación entera. Como dos alas negras. Dos alas negras y grandes que los envolvían a ambos. Dos hombres.

De madrugada se lo llevaron. Al hombre asustado al que su

propio miedo había vigilado toda la noche. Se detuvo en la puerta. Pidió que le desataran las manos un instante. Para quitarse la chupa. «Es una buena chupa. Sería una pena que la agujerearan las balas». Eso dijo. Y lo miró a los ojos con un orgullo de hombre.

Él se quedó en la puerta. Abrazado a la chupa. Le pesaba en los brazos. Como un muerto. Y olía fuerte. A animal muerto. Cuando sonaron los disparos seguía abrazado a la chupa. La abrazaba como se abraza a un hombre. Después, la dejó en el banco. Con cuidado. Como a un hombre muerto. Y salió a la calle. Hacía frío esa madrugada.

Fermín Treviño, el padre de Teresa y Pilar Treviño, jamás se lo contó a nadie.

Quiso contarlo. Muchas veces. Pero no pudo. Las palabras se negaban a salir de su boca. Durante toda su vida se le atragantaron las palabras en la garganta. No volvió a hablar nunca.

HOTEL SOLYMAR
PISCINA. HAMACAS

MANOLO MOSCARDÓ

Hace veinte días que lleva la carta en el bolsillo, pero no se lo ha dicho a nadie.

Manolo baja bruscamente el *Marca*. La música de la megafonía no le deja concentrarse. Refunfuña para sí. Quería pasar la tarde en paz, leer tranquilo el periódico tumbado en su hamaca, a la sombra. Pero está visto que no lo va a conseguir. Primero ha sido el lío de las tumbonas. Había muchas vacías junto a la piscina, pero la gente tenía encima sus toallas, por si les apetecía volver. Ha querido quitarlas y Rocío se lo ha impedido. Se han enzarzado en una discusión, la primera de la tarde. Al final ha intervenido Antonio, con esa manía que tiene de ejercer de hermano mayor, y ha ido a hablar con la socorrista, luego a recepción. Ha insistido tanto que les han sacado tumbonas del almacén. Pero quedaba poco espacio para colocarlas, y más juntas. Y ahí están ahora, confinados entre dos palmeras, rodeados de tumbonas y bolsas de playa, condenados a no poder salir ni para mear. Luego ha ido a por una cerveza y ha tenido la segunda bronca de la tarde con Rocío. Según ella, no hacía falta gastar, en la nevera portátil había montones de latas frías. Se ha enfadado. No soporta esa manía que tiene su familia, y que su madre ha contagiado a Rocío, de estar siempre guardando para las vacas flacas. Por eso se fue del barrio y se metió en una hipoteca, para que su hija se criara en otro sitio y con otra gente y fuera a un colegio como es debido y no a uno lleno de gitanos, panchitos, moros y paletos como sus sobrinos. Ha pagado la caña, ha dejado una buena propina para fastidiar a Rocío y se ha ido a su hamaca con la cerveza y el *Marca*. Rocío no ha vuelto a dirigirle la palabra. El animador extiende una larga alfombra de goma azul sobre el agua de la piscina para que corran por ella los niños. Lo define en un segundo, categóricamente, un niñato que, con la disculpa de los estudios, se pasa el año sin dar golpe como su hermano Antonio, y en verano se saca las vacaciones gratis por hacer mamarrachadas. Un pijo que no sabe lo que es currar de verdad. Él ha trabajado siempre, desde que era un crío y lo echaron de la escuela. Y ha trabajado bien. Ha metido las horas que ha hecho falta y ha viajado adonde lo mandaban sin chistar. Cuando el año pasado empezaron los despidos, el encargado le dio una palmada en el hombro y le dijo: «Manolo, ya sabes que ésta es tu casa y que aquí siempre habrá un puesto para ti». Eso le dijo el encargado, que era un trabajador como la copa de un pino, que era imprescindible para la empresa y que no iban a echarlo nunca. Por eso no fue a la huelga. ¿Para qué? No lo iban a echar. A él no iban a echarlo nunca. Fue lo que le dijo el encargado. Vuelve a mirar al animador con animadversión. Un par de semanas trabajando debajo de una máquina en Japón y vería lo que es sudar de verdad.

Hace veinte días que lleva la carta en el bolsillo, pero no se lo ha dicho a nadie.

Sr. Moscardó:

Mediante la presente carta le notificamos la decisión de la Empresa de proceder a la extinción de su contrato de trabajo conforme a lo establecido en el artículo 52 del Estatuto de los Trabajadores.

Esta decisión se basa en los siguientes hechos:

La Empresa sufre graves pérdidas económicas debidas a una disminución significativa de la actividad y a una fuerte competencia que la ha venido forzando a bajar los precios con un importante descenso de los valores añadidos.

La situación obliga a la Empresa a reorganizar sus recursos humanos, y, dada la mengua del volumen de trabajo, sus funciones pueden ser absorbidas por sus compañeros de Sección, quedando su puesto vacío de contenido sin que la Empresa disponga de otro alternativo para darle ocupación.

Por todo lo expuesto, la Empresa se ve obligada a tomar la decisión de extinguir su contrato y darle de baja en la Seguridad Social.

La Empresa pone a su disposición la indemnización que legalmente le corresponde, así como la liquidación de haberes.

Atentamente,

JOSÉ LUIS LÓPEZ
DE MUNAIZ
Gerente

Recibí,

MANUEL MOSCARDÓ
TREVIÑO

Hace veinte días que Manolo lleva la carta en el bolsillo.

La saca a veces. Cuando está solo. Vuelve a guardarla. Sin leerla.

Sólo la ha leído una vez. El día en que se la dieron. Después no.

A veces la saca del bolsillo. Cuando está solo. Abre el sobre. Mira la carta. Doblada. Blanca. Le da vueltas en la mano.

La leyó cuando se la dieron. Después no.

Cuando está solo la saca del sobre. La tiene un rato en la mano. No la despliega.

Las letras que hieren están dentro. Ocultas. Doblada, la carta es blanca. No duele.

En el reverso del papel blanco están las letras. Negras. Punzantes. Ocultas.

Las letras que hieren están dentro del sobre. En el papel doblado. No lo desdobla. Que no escapen. Otra vez.

Lleva la carta en el bolsillo. Desde hace veinte días. Desde que se la dieron.

La leyó. Cuando se la dieron.

No se lo ha dicho a nadie.

CERCA QUÉ LEJOS ESTÁ

ANTONIO MOSCARDÓ

«Cuanto menos se tiene menos se necesita, hijo».

—El consejo no provenía de mi madre, sino de la abuela. No llegué a conocerla, pero debió de ser una mujer de cuidado. De las que no se achantan nunca. A lo mejor por eso me dio tanta pena tener que echar a la basura la máquina de coser. Era la insignia de las mujeres de mi familia. Trabajadoras. Peleonas. Con demasiada energía como para quedarse en casa.

—*Zu welchem Zweck? … Fischen … ein leben …?*

—La verdad es que no sé el motivo, pero desde siempre me he entendido mejor con las mujeres que con los hombres. Con mi padre me llevaba fatal. Nunca di el listón de macho, como mi hermano. Fui una decepción como hijo mayor.

—*… Ziel des Lebens? … Antwort … Fragen …*

—Quizá fue por mi madre, o por la abuela. O porque soy un hombre prudente, según dice Paloma. O un acojonado, según mi hermano. La cuestión es que seguí viviendo en el barrio y de alquiler. Sin hacer caso a los amigos, que me insistían en que era tirar el dinero, que con una hipoteca, por menos al mes, el piso era nuestro, y además suponía una buena inversión, porque la vivienda no bajaba nunca.

—Ich weiß … Rentner … Schnaps … Beschäftigungen … Ziele…

—Tal vez fui poco ambicioso, era lo que me reprochaba mi padre. O cobarde, como dice mi hermano. A veces lo pienso. Sobre todo si estoy con mi hermano. Como estos días.

—Und was dann? … Hause … Schnapsflasche.

—Mi padre me echaba en cara que era poco hombre. Mi madre me había estropeado, decía, y por eso no tenía ambición como mi hermano. La verdad es que siempre me he conformado con poco. Sólo aspiro a ser feliz con Paloma y mis tres hijos, que son lo mejor que me ha pasado en la vida, disfrutar, de cuando en cuando, de la pesca, como ahora, y tomar un vermú los domingos con los amigos. Quizá sea falta de ambición. Tal vez debería haberme esforzado por llegar más lejos. O por tener ingresos más altos. Como hizo mi hermano. Pero quién sabe si habría sido feliz.

—Ich fühle Hass … Jahre … Frau … Sohn … Arbeit…

—Nos conocíamos de toda la vida, pero nos hicimos novios tarde. Paloma era como yo. Por eso nos casamos. Paloma tampoco quería dejar el barrio. Ni complicarse la vida con créditos, que al final te ponen en manos de un banco, como le ha sucedido a un montón de gente que conocemos. Quería, igual que yo, que nuestros hijos se criaran ahí, de donde éramos nosotros. Que tuvieran una vida estable. Sin cambios ni sobresaltos. Acaso nos equivocamos. Quién sabe.

—*Was mache ich hier? ... Meer ... Hotel...*

—Lo malo son los hijos. Acaban haciéndote pensar que no has hecho bien las cosas. Lidia tiene trece años. Quiere ser como las demás. Tener lo mismo. No me gustaría que pensara que su padre es un inútil. O un fracasado. No quiero que, en el futuro, mis hijos se avergüencen de mí. Quiero que se sientan orgullosos.

—*Was mache ich hier? ... Lebensziele ... Ziele?*

El sedal se tensa. Antonio deja la cerveza en la arena, desengancha la caña y corre hacia el agua mientras recoge hilo. Una corvina aletea en la punta. Lo ha conseguido. Lo invade una felicidad sin límites. Ha pescado una corvina. Por fin. Debe darse prisa si quiere hacerle fotos. Cuelga la caña en el soporte, con la hermosa corvina agitándose en la punta, y saca el móvil del bolsillo del chaleco. Sólo tiene treinta segundos. Contiene la respiración mientras abre la cámara. Sólo treinta segundos. Los cuenta uno a uno. Si tarda más, el pez sufrirá y tendrá pocas posibilidades de sobrevivir. Dispara varias fotos y vuelve a guardar el móvil en el bolsillo. Coge el desanzuelador, se moja las manos en el mar, sujeta el pez, con cuidado de no tocarle las branquias, y lo libera del anzuelo. Después lo mece suavemente dentro del agua, hacia delante y hacia atrás, para que respire de nuevo, hasta que salta de sus manos y se pierde en el mar.

Aún mantiene los ojos fijos en el agua un instante.

Recoge la cerveza olvidada en la arena y le da un trago. Todavía está fresca. Se relaja. Se seca las manos en las perneras del bañador, saca el móvil y mira con calma las fotos.

Menudo pez. Está orgulloso. Una corvina. Por fin. Y a la primera. Ha sido un buen comienzo de jornada.

Entonces se acuerda del guiri. Lo había olvidado por completo. Lo busca a su alrededor.

Los cormoranes ya no sobrevuelan la charca. El sol ha bajado y el agua ha tomado un color más oscuro, verde seco; también las dunas aparecen sombrías, cubiertas por un barniz grisáceo. No lo ve por ninguna parte. Todo es silencio. Roto únicamente por el clamor de las olas. Debió de irse mientras soltaba la corvina. Lo recuerda un poco antes, en el momento en que la pescó. Sí, ésa fue la última vez que lo vio. Con el agua casi hasta las rodillas. A su lado.

La cerveza está vacía. Arruga la lata con la mano y la deja en la arena.

Abre otra. Da varios sorbos seguidos. Se siente extraño. No sabe por qué le ha contado tantas cosas.

Con lo poco que le gusta hablar. Y a un desconocido. Encima un guiri.

No tendría que haberle contado nada.

Si ni se ha despedido.

Además, prefiere pescar solo.

Termina la cerveza y la deja junto a la otra.

Revisa la línea. Abre el asa del carrete y se prepara para un nuevo lance.

Debió de irse mientras soltaba la corvina.

Todo es silencio.

Roto únicamente por el clamor de las olas.

Hoy volverá pronto al hotel.

LA CACERÍA

THOMAS MÜCKER

—... consejo ... pena ... casa.

—*Zu welchem Zweck, mit welchem Ziel? Kann man Freude am Fischen haben, wenn man den Fang wieder freilässt? Kann man denn ein Leben ohne Ziel überhaupt genießen?* [Pero ¿con qué fin? ¿Se puede disfrutar de la pesca soltando la presa? ¿Se puede, acaso, extraer placer de vivir sin una finalidad?].

—La verdad ... no sé ... hombres ... decepción...

—*Was ist dann das Ziel des Lebens? Ich weiß, es gibt Dinge, die man nicht hinterfragen sollte. Es gibt eh keine Antworten. Und auch wenn ich noch so lange daran grübeln sollte, würde ich ja trotzdem keine Antwort finden. Warum sollte ich mir also überhaupt solche Fragen stellen?* [¿Cuál es, entonces, el objetivo de la vida? Sé que hay cosas por las que no vale la pena interrogarse. No tienen respuesta. Y por más vueltas que le dé, no voy a encontrar una. Entonces, ¿por qué me hago estas preguntas?].

—Quizá ... prudente ... amigos ... dinero...

—*Ich weiß, ich bin Rentner, mein jetziges Ziel heißt auszuruhen. Das machte ich aber schon vorher, ausruhen. Auf dem Sofa fernsehen und Schnaps trinken. So ruhte ich früher aus, abends, wenn ich müde von der Arbeit kam. Nach meiner Rente machte ich das Gleiche, nur halt dann den gan-*

zen Tag lang. Der Arzt sagte, ich sei krank, ich sollte Pillen schlucken und mir Beschäftigungen suchen. Er empfahl mir, nicht so viel herumzugrübeln und mir kleine Ziele zu setzen. Das habe ich getan. [Estoy jubilado y mi objetivo, ahora, es descansar. Lo sé. Estar sentado en el sofá, bebiendo aguardiente y viendo la televisión. Así descansaba antes, por las noches, cuando volvía a casa rendido del trabajo, sólo que tras jubilarme lo hacía durante todo el día. Fui al médico y me dijo que estaba enfermo. Que necesitaba tomar pastillas y buscarme actividades. Me recomendó que me pusiera pequeños objetivos y no le diera muchas vueltas. Lo he cumplido].

—Tal vez ... ambicioso ... cobarde ... pienso ... días.

—*Und was dann? Zurück nach Hause und zum Schnaps greifen? Nein, ich trinke nicht mehr. Ich werde mich auf Sofa setzen und fernsehen, aber ohne meine Schnapsflasche.* [¿Y luego qué? Volver a casa. ¿Coger otra vez la botella de aguardiente? Ahora no bebo. Me sentaré, entonces, en el sofá y veré la televisión].

—... conformado ... feliz ... pesca ... vida...

—*Ich fühle Hass, zum ersten Mal fühle ich Hass. Groll gegen meine Firma, die mir die Frühpensionierung aufgezwungen hat. Jahre lang habe ich von morgens bis spät abends dort gearbeitet, ohne Zeit zu haben mich irgendetwas anderem zu widmen. Groll gegen meine Frau, die sich entschied dafür, mich aus ihrem Leben auszuschließen. Gegen meinen Sohn, der eine Arbeit in Zürich akzeptiert hat, damit meine Enkel weit weg von Ihrem Opa aufwachsen.* [Siento resentimiento. Por primera vez, siento resentimiento. Contra mi empresa, que me obligó a acceder a una jubilación anticipada después de trabajar durante años de sol a sol, sin tiempo para hacer otra cosa. Contra mi mujer, que decidió que ya no era parte de su vida. Contra mi hijo, por aceptar un trabajo en otra ciudad para que sus nietos se críen lejos de su abuelo].

—… conocíamos … novios … créditos … banco … Quién sabe.

—*Was mache ich hier? Dieses Meer, dieses hässliche Hotel, die grauen Steine am Meer und diese Dünen, diese festen und staubigen Dünen.* [¿Qué hago aquí? Este mar. El hotel, tan feo. Las piedras grises de la playa. Y estas dunas, compactas y polvorientas].

—Lo malo … fracasado … orgullosos.

—*Was mache ich hier? So weit weg, über meine Lebensziele grübelnd. Habe ich überhaupt noch irgendwelche Ziele?* [¿Qué hago aquí? Tan lejos. Hablando de mis objetivos en la vida. ¿Acaso tengo ya objetivos?].

El gorro le da calor, pero no se decide a quitárselo. A pesar de lo avanzado de la tarde, teme quemarse; el pelo le clarea en la coronilla y su cuero cabelludo es especialmente sensible al sol. Pasan de las ocho y media. Llega tarde a cenar. Está arrepentido de haber esperado a que el pescador devolviera la corvina al mar. Recuerda, desconcertado, su excitación cuando la ha pescado y cómo se ha puesto en pie de un salto, ha salido detrás del hombre y ha permanecido dentro del agua, a su lado, hasta que el pez ha emergido del mar. Nunca se había dejado llevar de esa manera por el entusiasmo. Y, de pronto, cuando el pescador ha colgado la caña del soporte con la corvina aleteando en la punta y ha sacado el móvil del bolsillo para fotografiarla, se ha dado cuenta de que estaba fuera de lugar. Un intruso que presencia un momento íntimo ajeno. Se ha sentido tan confundido que se ha marchado inmediatamente. Lo cierto es que se avergüenza de todo lo que ha hecho esa tarde. Ha abierto su alma a un pescador desconocido sin el menor pudor. Sin embargo, ¿era, de verdad, su alma? De su boca salían cosas que nunca antes había dicho. Aún peor, cosas que nunca antes había pensado. No era él. Era otra persona. Alguien lleno de odio y rencor. Claro que durante años ha trabajado de sol a sol, y que ahora se le hace costoso, incluso angustioso a veces, encontrarse cada mañana con que el día se extiende vacío ante él y tiene que buscar cómo llenarlo. Pero no siente animosidad hacia su empresa, en la que fue muy feliz y de la que conserva un recuerdo agradecido. Tampoco hacia su mujer. Si bien nunca pensó que fuera a dejarlo como lo hizo, atesora muchos y muy buenos momentos de su vida en común. Y aun menos está resentido con su hijo. Está orgulloso de su hijo, que ha hecho lo mejor para su familia y su futuro, aun cuando el que viva en otra ciudad suponga que sus nietos se críen lejos de su abuelo. Se siente tan abatido como después de una borrachera. Igual que tras una de esas juergas juveniles en que uno acaba fundido en un abrazo con camaradas hasta ese momento desconocidos, diciendo todas las sandeces que se le pasan por la cabeza, ofuscada por los vapores del alcohol, para luego despertarse por la mañana avergonzadísimo. Lo malo es que a él se le fue la cabeza sin haber bebido una sola gota de alcohol, ni un mísero vaso de aguardiente. En el acto se le impone la imagen de sí mismo derrotado, tumbado en el sofá, con la televisión puesta y la botella de licor a su lado, en el suelo, y las palabras descorazonadoras que le ha dirigido al pescador: «¿Y luego qué? Volveré a casa, cogeré otra vez la botella». Sólo que ya no bebe. Se sentará, entonces, en el sofá y verá la televisión como antes. Como siempre. Pero ahora, además de sin compañía, sin aguardiente. Se detiene bruscamente. Como si delante de él se irguiera un muro. No se atreve a moverse. De repente lo percibe con inusitada lucidez, se da de bruces con la realidad en toda su crudeza, agudizada por su ridícula engañifa. Hace ya más de un año que no proyecta un solo elemento para un ascensor. Hace ya más de un año que no tiene un solo objetivo en la vida. En su vida no hay más que vacío. Un enorme y monstruoso vacío. Ahí está Thomas Mücker el impostor. Un hombre solo. Sin un objetivo en la vida. Un fracasado. Un inútil. Entra en un bucle de desesperación. Busca caer lo más bajo posible. Con la esperanza, en el fondo, de salir luego, de nuevo ileso, a flote.

Entonces descubre al joven delante de él. No lo ha oído acercarse. Es alto y delgado. De piel muy oscura y ojos negros. Viste una camiseta blanca y unos vaqueros. Una docena de zapatillas de neopreno con suelas de pinchos, idóneas para andar por los cantos rodados, se balancean sobre su hombro derecho, enganchadas por los cordones a una larga vara. Le sonríe. Farfulla en una incomprensible mezcla de idiomas. Le muestra las zapatillas y extiende los dedos, largos y brunos, delante de su rostro para indicarle el precio. Diez. Thomas siente que lo invade la cólera. Una cólera desconocida. Delirante y frenética. Recorre con la mirada el pelo rizado y corto, los ojos rasgados, de fondo amarillo, y desea con todas sus fuerzas aplastarle la cabeza, hundirle la nariz chata de un puñetazo. Un volcán hace erupción en su interior. Lo empuja. Patea la vara. El muchacho se lanza desesperado a recoger sus zapatillas. Le pisa las manos. Disfruta viendo cómo corre, resbala en las piedras, tropieza, cae. Coge un canto y se lo lanza. No le da. Coge otro, y esta vez le acierta en un hombro. El chico intenta levantarse mientras con una mano se protege la cabeza. Sus ojos, desmesuradamente abiertos, reflejan terror. Todo adquiere, de pronto, sentido para Thomas. La playa. El hotel. Las dunas. El mar. Todo se pliega a ese instante. A esa mirada. A ese terror en los ojos.

Pescar y soltar la pieza. No tiene lógica.

El muchacho se levanta, corre, tropieza con las piedras, cae, vuelve a levantarse. Su huida le produce una exaltación febril. Le lanza una tercera piedra y una cuarta. Pero no le da. Está demasiado lejos para que pueda alcanzarle. Le insulta. Siente que lo domina la rabia. Impotente. No se puede disfrutar soltando la pieza. No. No es posible disfrutar soltando la pieza. Patea las zapatillas olvidadas. Las lanza al mar. Luego, su furia se desinfla poco a poco. Da paso a una profunda desazón. Se debate entre el deseo y el miedo. Entre la frustración por no alcanzar su objetivo y el temor a no volver a ser dueño de sus emociones. Sólo se calma al recordar que llega tarde a cenar. La rutina, ese pacífico deslizarse, siempre igual, de los días y las horas, lo devuelve al terreno seguro de lo cotidiano. Se pone en marcha hacia el hotel. Aún tiene una piedra en la mano. Antes de dejarla caer, la aprieta un instante. Con apego.

NO PONGAS EL SOL EN EL CENTRO DE LA FOTO

Cuando Rocío sube de la playa son casi las nueve. Se ha quedado dormida sobre las piedras. Tiene la piel abrasada y la espalda dolorida. No hay nadie en la piscina. Tampoco en las hamacas.

Una papilla, amarilla y espesa, se extiende en ondas concéntricas por la transparente superficie azulada de la piscina. Un niño ha debido de vomitar en el agua. Suena el runrún de la depuradora al ponerse en marcha. La socorrista, impasible, recoge el vómito con una red.

El sol se apaga.

EDIFICIO ACUAZUL
PLANTA DÉCIMA. PUERTA 7B

TAMER AL-ZAHAR

Odias.

El odio te domina. Como un huracán que destruye todo lo que encuentra a su paso. Se apodera de ti. Amenaza con desbordarte.

No hay nada más fuerte que el odio.

Cuando no hay justicia. Cuando no se castiga a los malvados. Ni se consuela a los doloridos. Tu odio crece.

Se extiende
como el aceite en el agua.

Odias.

El odio se adueña de ti.
No hay nada más fuerte que el odio.

La televisión está encendida. Con el volumen al máximo. Abdu insiste, una y otra vez, en las mismas cosas. Planos. Horarios. Lo ha preparado todo. Hasta el mínimo detalle. Desmonta los chalecos. Vuelve a montarlos. Habría sido un buen ingeniero.

Intentas concentrarte en su voz. Pero se interpone una neblina. Una fina gasa. No consigues rasgarla.

Odias.

Tu odio es un espejo. Se refleja fuera.
En todas partes.

Buscas venganza.
El daño causado es irreparable.

Necesitas que paguen. Destruir a los culpables. Buscas venganza. El daño causado es incalculable.

Odias.

Tu odio germina
como semilla en tierra fecunda.

Sus vidas son culpables. No las soportas.

Sus vidas son la prueba de que tu odio jamás será saciado.
Sólo tú recuerdas qué lo causó.

Los odias.

Repites sus palabras. Las palabras de Abdu. De forma automática. Cables. Temporizador. Tubos. Pulsador. Es una voz diferente. Ronca. Mecánica. Temporizador. Cuenta atrás. Segundos. Pulsador. Es una voz diferente. No llega a tu cerebro. Pasa de largo.

Viven.

No soportas sus vidas.
Tienes que llevártelas por delante.

Viven.
Los odias.

A ratos pierdes la noción del tiempo. Del espacio. Temes perder la cabeza. Deseas perder la cabeza.

A ratos sólo oyes la televisión. El volumen está al máximo. Quieres oír sólo la televisión.

Piensas en tu padre. Comer. Ir a la escuela. Jugar al fútbol. Fingir que la normalidad no se ha roto. Humillación. Indignidad. Injusticia. Vergüenza. Miedo. Querrías escupirle a la cara esas palabras. Tú, que no logras sacarte de la piel los insultos y los muertos. Querrías escupirle esas palabras.

Lo odias.

Quieres salir a la calle. Correr por el Paseo Marítimo. Rápido. Rápido. Hasta caer agotado.

O echarte al mar. Nadar hasta alcanzar el horizonte.

Odias.

Te sostiene el odio.

El odio es tu esencia. Traicionarla es renunciar
a lo que eres. Odio.

Vuelves los ojos a la ventana. Saltar por la ventana.
Saltar. Acabar de una vez.

Te hierve la sangre. Te ahogas dentro de tu cuerpo.
Te invade una rabia incontrolable. Te ahogas de odio.
Eres odio. Odias.

Intentas recordar cuántos días lleva la mancha de café sobre el hule blanco de la mesa. No logras concentrarte. Piensas con espanto que mañana seguirá ahí. Un círculo marrón de café reseco sobre el hule blanco de la mesa. Cuando ya no estés.

Los odias.

EL ESPEJO NEGRO

La luna llena brilla, redonda y roja, en un cielo azul petróleo salpicado de estrellas. Una brisa suave llega desde el mar y ahuyenta de la terraza el calor del día. Han encendido las luces del fondo de la piscina y el agua resplandece límpida y cristalina. Huele a jazmín, a tabaco y a after sun. Las mesas del jardín están repletas de gente. Beben jarras heladas de cerveza o combinados en grandes copas, y ríen y hablan en voz muy alta. Miriam, la camarera, no da abasto para servir a todo el mundo. Corre sudorosa de un lado a otro, con la bandeja cargada de bebidas, mientras la llaman a voces. Los niños corretean por la terraza, persiguiéndose a gritos entre las mesas. Los compases de la música latina que Miguel, el animador, convertido ahora en disc-jockey, pincha en el escenario, y a cuyo ritmo pegadizo baila un nutrido grupo sobre todo de mujeres, sólo sirven para aumentar aún más la algarabía que inunda la terraza y se extiende por la playa y el hotel.

Llegó la fiesta pa' tu boquita,
Toda la noche, todito el día.
Vamo' a bañarnos en la orillita,
Que la marea esta picadita-ita-ita.

Rocío y Paloma giran, se juntan y separan, acaloradas y radiantes, olvidadas de todo lo que no sea sus cuerpos y la música. Las faldas de sus vestidos revolotean en torno a sus caderas y sus piernas, se han quitado los zapatos para estar más cómodas.

Una mordidita, una mordidita,
una mordidita de tu boquita.

Desde la mesa de la familia Moscardó, Nuria, que se ha recogido el pelo como su madre, en un moño alto, y se ha dado brillo en los labios, las observa inquieta. Siente planear sobre ella una oscura amenaza que le suscita sentimientos encontrados. Vuelve la mirada hacia la barra, donde su padre bebe a solas. Aún no está borracho, si bien ya muestra un aspecto sombrío, que acrecienta su malestar. Se refugia en el hombro, siempre acogedor y tierno, de su abuela. Pilar, ajena a las preocupaciones de su nieta, saborea un carajillo inmersa en sus pensamientos. A su lado, Antonio, también en silencio, no despega la mirada de Paloma. Piensa, intranquilo, en lo feliz que se ve sin él y la poca falta que le hace. Se culpa a sí mismo por no saber bailar y se propone remediarlo en cuanto vuelvan a casa, a sabiendas de que jamás lo hará. Lidia está sentada frente a él. Se ha puesto unos pantalones vaqueros cortos heredados de Nuria y un top que le ha prestado. Deja a la vista sus hombros y su ombligo y se le ahueca en el pecho, aún inexistente. Incómoda en su atuendo, da sorbitos a un Nestea, sin despegar los ojos de Daniel—aún no sabe que ése es su nombre—, que bebe una Coca-Cola sentado, solo, en una mesa cercana, y tampoco le quita los ojos de encima.

Una mordidita, una mordidita,
una mordidita de tu boquita.

De pie, en medio de la terraza, está Mireia. Lleva puesta la camiseta con el delfín estampado, de la que nunca se separa, y unas bermudas rojas. Sostiene en la mano el tique de las consumiciones de la familia Moscardó, donde con letra diminuta y prieta ha escrito trabajosamente su nombre, su primer apellido y el número de su habitación. Lo ha doblado con cuidado varias veces hasta hacerlo muy pequeño, y lo estruja entre los dedos, por miedo a perderlo. Sigue con la mirada a Laura, la animadora, que va de mesa en mesa recogiendo en una bolsa los tiques para el sorteo de un obsequio sorpresa, gentileza del hotel. Por fin se decide. Introduce el suyo en la bolsa y lo hunde, concienzuda, hasta el fondo, como si temiera que pudiera escaparse. Se aleja sin prisa, volviendo de vez en cuando la cabeza para no perder del todo de vista a Laura y la bolsa. Se sienta lejos del bullicio, en uno de los sofás blancos situados en el centro de la U que forma el edificio del hotel, de cara a la piscina, con la espalda recta y las manos cogiéndose las rodillas. La música llega, amortiguada, hasta ella. Pero no la escucha.

Vivo en la luna por ti,
vuelo sin alas por ti,
no hay quien me quite esta nota
que estoy sintiendo por ti.

Daniel termina su Coca-Cola. Deja la lata vacía sobre la mesa y se levanta. Se dirige hacia el jardincillo de tierra, detrás del escenario. De cuando en cuando se vuelve y mira a Lidia. Ésta se rebulle nerviosa en la silla. El corazón le late muy fuerte, en la garganta, como si fuera a salírsele por la boca. Se levanta. Su padre y su abuela no le prestan atención. Camina muy despacio, dando un rodeo entre las mesas de la terraza, hacia el jardincillo. Desaparece tras el escenario en pos de Daniel.

Vivo en la luna por ti,
siento mil cosas por ti,
no se me pasa esta nota
que estoy sintiendo por ti.

—Mireia Moscardó. La agraciada en el sorteo de una bolsa de playa con el logotipo del hotel Solymar es Mireia Moscardó.

Laura muestra el tique ganador a los clientes que están en la terraza y, a continuación, la bolsa de playa, de tela rosa. Repite a través del micrófono el nombre de la ganadora y espera, procurando que su voz no muestre impaciencia, a que ésta aparezca.

—Mireia Moscardó. ¿Dónde está Mireia Moscardó? ¿Sabe alguien quién es Mireia Moscardó?

Un niño de unos cinco años, con un flequillo oscuro corto y tieso, peinado hacia arriba gracias a una buena dosis de gomina, sube al escenario. Tímido y serio, mira a su madre, que le da ánimos desde la terraza. Laura se agacha, le sonríe, le acerca el micro.

—Pero tú no eres Mireia Moscardó.

—No. Soy Héctor Moscardó.

—¿Y sabes dónde está Mireia?

—Es mi hermana.

—Claro, Mireia Moscardó y Héctor Moscardó. Sois hermanos. Claro. Pero ¿dónde está tu hermana?

Héctor se encoge de hombros, el asunto comienza a aburrirle.

—Andaba por ahí hace un momento. No puede estar muy lejos. —Antonio interviene en voz alta, para hacerse oír en medio del alboroto de la terraza, desde la mesa de la familia Moscardó.

Laura le pide que suba al escenario. Él se resiste. Paloma y Rocío lo animan, el baile ha despertado una complicidad entre ellas que sólo Nuria, que las observa recelosa, percibe. Laura insiste y Antonio termina por ceder. Miguel le da la bienvenida.

—Hola, hola. ¿Nos dice su nombre?

—Antonio Moscardó. Soy el padre de Mireia y Héctor Moscardó. —Al sentirse el blanco de todas las miradas, Antonio posa la mano sobre la cabeza de su hijo en busca de un punto de apoyo—. Mireia no puede estar muy lejos, andaba por aquí hace un momento. Ha ido a buscarla su prima. —Libera de la mano la cabeza de Héctor.

Éste aprovecha para escabullirse. Un instante después, corretea por la terraza con los otros críos.

—Estupendo. Esperaremos a Mireia para entregarle la bonita bolsa de playa, gentileza del hotel Solymar, que le ha tocado, ¿verdad, Laura?

—Así es, Miguel. Mireia Moscardó es la afortunada ganadora de esta bolsa de playa, regalo del hotel Solymar, el maravilloso complejo turístico donde todos ustedes están pasando unas inolvidables vacaciones. —Y enseña, de nuevo, la bolsa de tela rosa con el logotipo del hotel a los clientes que charlan y beben en la terraza, la mayoría ajenos a lo que sucede en el escenario.

Miguel saluda a Nuria, que viene con Mireia, la ha ido a buscar por orden de su abuela.

—Aquí tenemos, por fin, a Mireia Moscardó. Un aplauso. Un gran aplauso para Mireia Moscardó. Nuestra ganadora de esta noche.

—No, no, yo no soy Mireia Moscardó. Soy Nuria Moscardó. Su prima. Mireia es ésta. —Y la señala.

Mireia no expresa el menor interés, como si todo aquello no fuera con ella.

—Pues un gran aplauso para las primas Moscardó. Nuria y Mireia.

Nuria recoge la bolsa de playa y da las gracias. De repente, Mireia parece despertar. Mira alarmada, con los ojos muy abiertos, a Laura.

—¿Y mi tique?

—Pues no sé dónde lo he puesto, bonita, tiene que estar por aquí. Otro aplauso para Mireia Moscardó, nuestra ganadora. Y para su prima Nuria.

La mayoría de los aplausos, escasos, proceden de la mesa de la familia Moscardó.

Mireia localiza la bolsa de los tiques sobre el equipo de música. Comienza a vaciarla. Los desdobla uno a uno, muy despacio.

Miguel trata de devolverlos cuanto antes a su mesa.

—Qué gran familia, los Moscardó. Y qué numerosa.

—¿No habrá todavía más Moscardó por aquí, verdad? —Bromea.

—Sí, yo.

Manolo se dirige a grandes zancadas hacia el escenario. Al pasar junto a su familia deja encima de la mesa su copa de gin-tonic vacía.

—Vaya sorpresa. Aún nos quedaba por conocer a un Moscardó. ¿Cómo se llama?

—Manolo. Manolo Moscardó.

Antonio procura disimular la vergüenza.

—Es mi hermano.

—Las primas Moscardó. Los hermanos Moscardó. Qué gran familia, los Moscardó. ¿Y a qué se dedican los hermanos Moscardó?

—Yo soy celador.

—¿Y usted, Manolo, en qué trabaja? ¿No será también celador como su hermano?

La cara de Manolo se ensombrece. Aprieta los puños. Sin mediar palabra, se abalanza sobre Miguel, lo agarra por la camiseta, tira violentamente hacia él.

—¡Cabrón! ¡A ti qué te importa, cabrón! ¡Cabrón! ¡Que eres un cabrón! ¡A ti qué coño te importa, cabrón!

Miguel pugna por desasirse. Lo empuja. Forcejean. Antonio intenta interponerse entre los dos sin conseguirlo. Desesperado, le da un puñetazo con todas sus fuerzas a Manolo, que suelta inmediatamente a Miguel.

En la terraza se hace el silencio. Todas las miradas están ahora puestas en el escenario.

Manolo se lleva atónito la mano a la nariz. Está llena de sangre. Le cae sobre la boca, le corre por la barbilla y le mancha la camiseta. Clava los ojos, inexpresivos, en su hermano.

Antonio, frente a él, se mira perplejo la mano derecha, aún cerrada, como si no pudiera creer lo que ha hecho. La abre lentamente, extiende los brazos a ambos lados del cuerpo, y levanta la mirada hacia su hermano. Sus ojos se encuentran.

Manolo se arroja en brazos de Antonio. Llora, de forma incontrolada, en voz alta. Antonio lo aprieta con fuerza contra él. Se funden, entre sollozos, en un prolongado abrazo.

Mireia descubre el tique junto a los pies de su padre y su tío. Lo recoge, vuelve a doblarlo cuidadosamente y lo guarda, prieto, en la mano. Baja del escenario y se aleja en dirección a los sofás blancos. Se sienta y posa la mirada, serena, en el agua azul de la piscina.

SICOMORO
(FICUS SYCOMORUS)

Árbol similar a la higuera.
Era muy apreciado en el antiguo Egipto.

Puede alcanzar hasta veinte metros de altura.
Crece en zonas cálidas.

Su tronco es amarillo verdoso y su copa extensa y espesa.
Sus hojas son rugosas, verde oscuro.

Da fruto todo el año, un higo comestible que brota en racimos sobre el tronco.

Se reproduce fácilmente por esquejes.

Las almas de los muertos se posan, como pájaros, en sus ramas.

HOTEL SOLYMAR. TERCERA PLANTA. HABITACIÓN 310

ZIBA IKANOVIC: 48 AÑOS. MAESTRA INACTIVA. CASADA. DOS HIJOS

No puede dormir. Hace ya mucho que las pastillas no le hacen efecto, aun así las sigue tomando cada día, por cautela, no quiere pensar cómo estaría sin ellas. Se levanta de la cama. Rubén todavía está despierto, pero no le pregunta nada. Está acostumbrado a sus insomnios y sabe que ella prefiere llevarlos en soledad. También sabe que si lo necesita lo llamará, como ha hecho en otras ocasiones, y él, como siempre, acudirá a su lado, y en silencio le cogerá la mano o le pasará el brazo por los hombros hasta que se sienta capaz de volver a la cama. Pronto hará veinte años que están juntos y lo peor ya pasó. No les queda otra que convivir con las secuelas, son para siempre, y aún están aprendiendo. Hay que ser pacientes. Ziba se dirige a la puerta que comunica con la habitación de al lado. Lleva un pijama fino, de verano, de color rosa pálido. Tiene el pelo corto, ondulado, teñido de rubio muy claro, casi blanco. Su rostro, de piel macilenta y gruesa, muestra un rictus amargo, que acrecientan los párpados hinchados y dos profundos surcos que circundan la boca. Abre la puerta y la asalta el sonido del televisor. Marcos levanta la cabeza y le sonríe, está tumbado sobre la cama, en calzoncillos, con el mando en la mano. La cama de al lado está vacía. Daniel aún no ha subido a la habitación. Ziba cierra la puerta. Sale a la terraza y entorna la cristalera para no molestar a Rubén, la música llega nítida y cercana desde el jardín.

Yo quiero estar contigo, vivir contigo,
bailar contigo, tener contigo

una noche loca,
una noche loca.

La terraza está llena de gente. Disfrutan de sus vacaciones y de la noche. Del verano. Busca, inquieta, con la mirada a Daniel, pero no lo ve por ninguna parte. La acomete el miedo, nunca ha logrado sacudírselo de encima. La verdad, tampoco lo intenta. No sabría vivir sin él, como sin las pastillas. Es su centinela, por si pasa de nuevo, para que no la coja desprevenida como la otra vez. Hace veintitrés años. Lo peor no es el miedo. Son sus dos asideros, las pastillas y el miedo. Lo peor es esa sombra oscura, pesada y densa, que la envuelve y le oprime el pecho y no la deja en paz ni un momento. Cada vez que sonríe a sus hijos o abraza a su marido, contempla el cielo azul o los árboles reverdecidos en primavera, cada vez que baja la guardia y se deja llevar por la dicha un instante, la sombra se le echa encima. La increpa, ¿de veras te crees con derecho a ser feliz, Ziba?, ¿crees de veras que tienes, siquiera, derecho a estar viva? Dime, ¿por qué tú y no Azra? Azra estaba en el pupitre de al lado, erais amigas, casi hermanas, os hacíais confidencias, os reíais juntas. ¿Por qué tú estás viva y no Azra?, dime, ¿por qué?, ¿por qué tú y no Sanela? Sanela estaba contigo en el campo, compartíais el pan y el lecho. No dejaba de llorar, desconsolada, ni un segundo, ¿te acuerdas?, quería a sus hijos, suplicaba que le dejaran verlos, que le hicieran lo que fuera, cualquier cosa, daba igual, con tal de volver a ver a sus hijos. «Por favor, no matéis a mis hijos», lloraba. ¿Por qué saliste tú viva del campo y no Sanela?, ¿por qué?, dime, ¿por qué tú y no Emira? Emira ocultó con su propio cuerpo desnudo el cuerpo desnudo de su propia hija. ¿Por qué subiste tú al barco y no Emira?, ¿por qué? Se afana por recordar su nombre. El de la hija de Emira. Sin resultado. La tortura. Haberlo olvidado. Haberlo olvidado la tortura. No puede olvidar su nombre. Se lo debe. Porque está viva. Tiene una deuda con ella. Con todas ellas. Porque está viva. No puede arrojar a ninguna al olvido. Tenía doce años y una muñeca. La niña. La hija de Emira. Doce años. Una muñeca. Una trenza larga y clara. Y unos ojos negros, muy grandes. El miedo se los hacía abrir. Ha perdido su nombre. Ziba se agarra con ansia a la barandilla de la terraza. Sin nombre no es nadie. Sin nombre la niña no existe. Se le hace un nudo en la garganta. Siente que crece la angustia. Por Dios, ¿cómo se llamaba la hija de Emira?, por Dios, ¿cuál era su nombre? Ve a Daniel abajo. Sale de detrás del escenario. Alto y fuerte para sus catorce años. Lleva a una niña de la mano. Una niña muy frágil. Como Azra. Como la hija de Emira. Como era ella. Todas. Entonces. El corazón le late muy fuerte, desbocado. Quiere echar a correr y separarlos y devolver la niña a su madre. Y pedir perdón. Pedir mil veces perdón. Por estar viva. Por estar viva y haber traído hijos, hombres, al mundo. Pedir perdón. Por lo que hizo y por lo que no hizo. Pero ¿qué hizo?, ¿pudo hacer otra cosa?, ¿puede hacer otra cosa? Sobrevivió. No es culpa suya. Intenta controlarse. Tranquilizarse. No es culpa suya. Se lleva una mano al cuello. Respira hondo. Despacio. Como le enseñó la psicóloga. Daniel tiene catorce años. Es también un niño. Un buen niño. Su niño. Los ve, ya más calmada, desaparecer en la playa. Daniel es un niño, se repite, es su niño. Un buen chico. Pero ha crecido tanto y es tan grande, tan fuerte, y la niña tan pequeña. Tan pequeña como Selma. Respira aliviada. Selma. Ése era su nombre. Se llamaba Selma. Selma tenía doce años y un cuerpecillo delgado y frágil. Temblaba sin parar cuando cayó al suelo su madre. Las milicias las sacaban del campo por la noche. Todas las noches. Algunas volvían. Otras no.

Ella volvió. Quería vivir. Amar. Tener hijos. Y se alegró. Se alegró de estar viva. Aún con todo, se alegró. Pero ¿por qué ella y no Azra?, ¿por qué ella y no Sanela?, ¿por qué ella y no Emira?, ¿por qué ella está viva y no Selma? Se alegró. De estar viva. Amar. Tener hijos. Se alegró de tener hijos. No hijas. No habría podido proteger a sus hijas. Emira no pudo proteger a Selma. Y ahora le asustan sus propios hijos. Aquéllos también eran hijos. Buenos hijos. Los conocía. Conocía a muchos de ellos. Y a sus madres. Cariñosas. Abnegadas. Amables. Los conocía desde niña. Y un día, ya no eran su compañero de clase con el que tonteaba a veces a la salida del colegio, ni el tendero del ultramarinos del final de la calle, su calle, que le preguntaba siempre por su abuela, ni aquel vecino con el que su padre iba a pescar o a tomar una cerveza de vez en cuando, ni el policía que vigilaba el cruce cuando salían de la escuela. Tenían sus mismos rostros. Pero no eran los mismos. Eran otros. Feroces. Crueles. Inhumanos. Atroces. Algo se había roto. El mundo había saltado por los aires y, de sus pedazos, surgían los monstruos. Tenían sus mismos rostros. Los de sus vecinos. Los de sus conocidos y amigos. Pero eran otros. Llevaban gorras sembradas de insignias, uniformes, correajes y cartucheras, ametralladoras. Escupían en el suelo. Las amenazaban con sus pistolas. Desnudas. Vamos. Desnudas. Contra la pared. Desnudas. Sus voces. No puede olvidar sus voces. Desnudas. Vamos. Desnudas. Contra la pared. Desnudas. Tampoco puede olvidar sus palabras. Pureza. Etnia. Limpieza. Y sus manos. Sus manos sucias. Nunca olvidará sus manos. Grandes, ásperas y tan sucias. Y Emira ocultaba con su cuerpo el de la niña de la trenza y la muñeca. Selma. Hasta que le volaron la cabeza de un tiro por no querer apartarse. Cayó. Y el cuerpecito de la niña quedó ahí. A la intemperie. Solo. Débil y desprotegido. Temblaba. Se la llevaron. Selma la miró antes de salir con sus grandes ojos asustados muy abiertos. No volvió a verla. Nunca. Pureza. Etnia. La limpiaron. Con sus manos sucias. ¿Por qué ella vivió y no Selma?, ¿por qué ella salió del campo y no Azra?, ¿por qué ella subió al barco y no Sanela o Emira? Sólo subieron mil quinientos a ese barco. Mil quinientos. Y eran millones. Tenía veinticinco años. Estaba sola. Como Azra, Sanela, Selma o Emira. Estaban solas. Millones. No puede apartar de su cabeza los cuerpos desnudos delante de la pared blanca. Sus cuerpos. Desnudas. Vamos. Desnudas. Contra la pared. Desnudas. Y a Sanela repitiendo una y otra vez: «Qué hemos hecho, qué hemos hecho, Dios mío, por qué este castigo». Y los chetniks se ríen. Su vecino degolló a su padre con el mismo cuchillo con el que limpiaban los peces. Se ríe. Golpea con el fusil a su madre. Se ríe. Limpieza. Etnia. Pureza. No quiere apartar de su cabeza los cuerpos desnudos delante de la pared blanca del gimnasio. Sus cuerpos. Y los hombres. Sus vecinos. Tampoco quiere olvidar sus rostros. Ni perdonarlos. Nunca ha vuelto. No volverá. Piensa inquieta en Daniel. Y en Marcos. Se han hecho hombres. Grandes y fuertes. Son buenos chicos. Como su padre. Se han hecho hombres. Son sus hijos. Tiene miedo. Incluso de sus propios hijos. ¿Volverá a saltar el mundo por los aires y de sus pedazos surgirán los monstruos? Las pastillas y el miedo son sus asideros. Y Rubén. Entra en la habitación. Cierra la cristalera y vuelve a la cama. Se abraza al cuerpo de Rubén. Cierra los ojos. Son buenos chicos. Como su padre. Se adormece. Rubén estaba allí cuando ella bajó del barco. Le cogió la mano. «Ya no están, Ziba, los demonios han quedado atrás—le dijo—, no volverán». Lo malo es que los demonios vinieron con ella. Nunca podrá librarse de ellos. Tampoco olvidar a sus víctimas. Ni olvidar. Ni perdonar. No quiere.

LA SEÑORA DEL SICOMORO DEL SUR

MOSCARDÓ TREVIÑO, LIDIA
Hija de Antonio y Paloma
QUIRÓS IKANOVIC, DANIEL
Hijo de Rubén y Ziba

Las voces y la música han ido quedando atrás. Sólo el rumor del mar, oculto en la negrura de la noche, rompe el silencio. Están sentados sobre los guijarros. Uno junto al otro. De la mano. Las espaldas contra el muro. Envueltos en oscuridad.

Nada existe ya.
No tienen cuerpo.

Sólo está su ausencia. La llena un flujo intenso. Placentero y fulgurante. Lo transmiten sus manos. Las que están juntas. Recorre sus cuerpos. Los que no existen. A través de venas que no están. Sólo hay intensidad. Cálida. Placentera. Nada más.

No hay antes. Ni después.
No hay cuerpos. Ni manos. Ni venas.

No hay nada. Sólo está eso cálido e intenso que los recorre. Nada más.

Si existieran. Si tuvieran cuerpo. Manos. Y venas. Querrían no ser. No tener cuerpo. Ni manos. Ni venas. Desvanecerse. Dejar libre el sitio. Para que se lo apropie. El placer que llena su ausencia.

Es la primera vez que se cogen la mano. Es la primera vez que le cogen la mano a alguien. Sienten los dedos. Las palmas sudorosas. Los dedos que no están. Las palmas que no existen.

Ninguno de los dos se mueve. Es miedo. A que escape. Huya lejos. Tan intenso y placentero es estar ausentes.

Ninguno de los dos se mueve. Es miedo. A volver. A ser ellos. Dos.
Antes. Ahora. Después.

—No me importa de dónde seas. De verdad, no me importa.

La voz de Lidia suena ronca. Quizá porque lleva una eternidad sin hablar. Quizá porque, aunque sólo han pasado unos minutos desde que salieron del hotel, ha trascurrido una eternidad.

Daniel le suelta la mano. Se pone de pie. Casi de un salto. Saca el carné del bolsillo trasero del pantalón y se lo arroja sobre las rodillas. Su voz corta la noche. Como un cuchillo.

—Soy de aquí. Nací aquí.

Camina a ciegas. Hacia el mar. Lo guía el sonido. Se detiene. El agua le acaricia los pies. Mira hacia un horizonte que no existe. Se esconde en la negrura. Más arriba. En el cielo. Brillan estrellas minúsculas.

Lidia coge el carné. No puede verlo. Está oscuro. Aún siente la mano de él en la suya. Enciende la linterna del móvil. Ahí está.

Más joven. Sonríe en la foto. Qué guapo es. QUIRÓS IKANOVIC, DANIEL. Hijo de Rubén y Ziba. Lugar de nacimiento. Aquí. Nació aquí. Es de aquí. Lo pone. Lugar de nacimiento. Aquí. Está avergonzada. No sabe si salir corriendo. Volver al hotel. O quedarse quieta. Para siempre. Apaga la linterna del móvil. Se resguarda en la oscuridad. O quedarse quieta. Para siempre. En la oscuridad.

Daniel no se vuelve. Sus ojos buscan, tercos, el mar. En la oscuridad. Está furioso. Odia a su madre. Odia a su padre. Se odia. Es de aquí. Nació aquí. Como su padre. Su madre no es de ninguna parte. Como él. Nació aquí. No es de ninguna parte. Como su madre. Está enfadado. Siempre está enfadado. La expresión desconsolada que atraviesa a menudo el rostro de su madre le cuenta historias. Le enfada. Historias que prefiere no conocer. No quiere saberlas. Siempre está enfadado. Quiere ser de aquí. Completamente de aquí. Sólo de aquí. Pero quiere saber. Qué es ahí. A veces sueña con el barco. El barco en el que vino su madre. Se lo ha contado su padre. Llegaron mil quinientos. Mil quinientos. En un barco. Siente una cólera inmensa. Oye a Lidia a su espalda.

Camina por las piedras. Se acerca. Está detrás de él. Justo detrás de él. Mete, con cuidado, sin apenas rozarle, el carné en el bolsillo trasero de su pantalón. Después le coge suave, muy suave, la mano. Se la oprime con suavidad.

Su furia se desvanece. Lo recorre una corriente calma. Tan grata. Se vuelve. La abraza.

Se besan. Los labios pegados. Muy quietos. Los dos. Muy quietos. Se besan. No son. No tienen cuerpo. Da igual. Quienes sean. No son. De ninguna parte. Como el mar. Se besan. No son. De ninguna parte. Como el cielo. Daniel susurra:

—Te quiero.

DOMINGO

En el venerable día del sol se dejará a los magistrados y al pueblo de las ciudades descansar y se cerrarán todos los talleres. En el campo los agricultores podrán continuar sus labores, para no perder el favor del cielo.

Código de Justiniano 3.12.2

NO TE CASARÁS CON LUISA LANE

«Los hombres han vampirizado desde siempre a las mujeres. De ahí su poder. Las mujeres no tienen un tiempo y un espacio propios, mientras que los hombres, al nacer, ya disponen del doble. El suyo y el que les han arrebatado a ellas».

Está de pie. De espaldas a la puerta. Enfrascada en sus pensamientos.

«Ser mujer es una gran putada. Para recuperar una mínima porción de tiempo y espacio hay que entablar batallas muy duras. Y más si no tienes recursos».

Se acuerda de Nola.

Nola es ecuatoriana y trabaja en casa de sus abuelos maternos. Duerme en una habitación prestada, en un país que la rechaza, sin tiempo propio, y expuesta al maltrato y los insultos de su abuelo, que es un verdadero monstruo. Ya lo era antes de que se le deteriorara el frontal, que es lo que le ha diagnosticado el neurólogo. La enfermedad no ha hecho más que sacar a la luz al vampiro que llevaba dentro.

Se acuerda de Nola y rectifica:

«Y más si no tienes recursos. Y, encima, emigras».

Está de pie. De espaldas. Miguel la observa desde la puerta sin que ella se dé cuenta.

Se cambia de camiseta. Tiene la espalda ancha y dorada. Los hombros desnudos. Redondos. Y unos labios suaves. Como su piel. Aún no la ha besado. Pero lo sabe.

Sólo con dar unos pasos estará detrás de ella. Rodea su cuerpo con los brazos. Pone las manos abiertas sobre sus pechos. Ella se volverá. Lo besará. Sus labios son suaves. Como su piel.

Sólo con dar unos pasos. Le arrancará la falda. Tan corta. Sus piernas son largas y rectas. Quiere perderse entre sus piernas. Sólo con dar unos pasos le arrancará la falda. Se perderá entre sus piernas.

No lo oye entrar en el vestuario. Está de espaldas a la puerta. Enfrascada en sus pensamientos.

Pero sí lo oye salir.

Mientras viola a Laura
Miguel piensa
en

uno de esos árboles altos pero de tronco fino, aparentemente endebles, que el viento por fuerte que sople no logra abatir.

Bailan a su son, pero se mantienen firmes.

No hay quien los quiebre.

EDIFICIO ACUAZUL
PLANTA DÉCIMA. PUERTA 7B

TAMER AL-ZAHAR

El sol se alza lentamente en el cielo. Asoma entre los edificios todavía rojo. Tamer está de pie delante de la ventana. Oye a Abdu a su espalda. Pero no se vuelve. Sabe que no ha dormido. Él tampoco. Temía despertarse ya de día. Que la noche se le pasara en un suspiro. Sin darse cuenta.

Ahora Abdu está en la cocina. Hace café. El sol brilla amarillo en lo alto del cielo. En los edificios de enfrente empiezan a levantarse las persianas. Da comienzo un nuevo día. La gente retoma sus rutinas. Tamer aborrece ese ajetreo cotidiano, y al mismo tiempo le atrae.

Abdu lo llama desde la cocina. Oye cómo pone las tazas en la mesa. Siente el nudo en la garganta y muchas ganas de vomitar. Respira hondo. Se desprende de la ventana y se dirige a la cocina.

Su hermano levanta la cabeza cuando entra. Lo mira. Pero no sonríe. Hace mucho que no sonríe.

Le gustaría rebobinar, como en las películas. Volver atrás. No al día anterior. Ni tampoco a hace unos meses. Ni siquiera a hace unos años. Mucho más atrás. Al principio. Cuando tenían una vida por delante que llenar. Lo invade la cólera. Desea acabar ya. De una vez. Con todas esas otras vidas que podían haber sido la suya. Y de las que está excluido. Lo desea. Más que nada en el mundo. No hay vuelta atrás.

Su hermano le extiende la taza. No hace ademán de cogerla. En su lugar, pasa el dedo, despacio, por el círculo marrón de café reseco sobre el hule blanco de la mesa.

NADYA ZAYDAN

La madre de Abdu y Tamer Al-Zahar regresa a casa. Ha pasado la noche en el hospital ayudando a morir a un hombre. Acompañar a enfermos terminales es su trabajo. Aún no ha amanecido y la casa está silenciosa. Oscura. Imad duerme. Escucha su respiración, lenta y pesada, al pasar por delante de la puerta entreabierta del dormitorio. Nadya entra en la cocina. Aunque está cansada, no tiene sueño. Un hombre ha muerto esa noche. Ella le ha ayudado a morir. Calienta café del día anterior cuidando de que no hierva. Lo echa en una taza y le añade dos cucharadas de azúcar. Con la taza en la mano, se dirige a la sala y se sienta en el sillón. Delante de la ventana. Un hombre ha muerto esa noche como tienen que morir los hombres. Anciano. Tranquilo. Sin dolor. En su cama. Antes de morir, ha cogido su mano y se la ha apretado. Luego ha echado la cabeza hacia atrás, ha suspirado, suave, un segundo y ha dejado de estar vivo. Al otro lado de la cama estaba su hijo. Nadya le ha avisado. Ha llegado a tiempo. Da un sorbo del café caliente. Se enciende una luz en el edificio de enfrente. Un hombre ha muerto esa noche como tienen que morir los hombres. Y las mujeres. Como le habría gustado morir a Nadya. En paz. Después de haber vivido una vida dulce. Anciana. Con sus hijos al lado. Así habría querido Nadya que murieran también sus hijos. Después de una vida larga y dulce. Ancianos. Con sus propios hijos al lado. Un hombre ha muerto esa noche como debería morir Nadya. E Imad. Y los otros. Como deberían morir sus hijos y los hijos de sus hijos y los hijos de los otros. Todos. Después de una vida larga y dulce. Con sus placeres pequeños y sus pequeños contratiempos. Trabajar. Amar. Envejecer. Termina el café. La noche se aclara lentamente, impregnándolo todo de una pátina azulada y triste. Se acerca el día. Nadya alza los ojos a una franja estrecha de cielo, gris oscuro, que asoma sobre el edificio de enfrente. Y ruega. Para que el odio que ha destruido a sus hijos no alcance también a los hijos de otros. Deja la taza sobre la mesa y va a acostarse.

«THE MASTER'S VOICE»

THOMAS MÜCKER

Va en el asiento trasero de un taxi. Suben por una calzada sinuosa. Empinada y oscura. Delante, junto al conductor, viaja un hombre. No puede ver su rostro. Se mantiene en la sombra. A través de la ventanilla vislumbra, abajo, una ciudad cada vez más distante. Advierte alarmado al taxista de que, en lugar de acercarse, se alejan de su destino. Es en vano. No hablan el mismo idioma. Prueban, los dos, a dirigirse al otro en diferentes lenguas. Sin coincidir nunca en ninguna. Por fin, consigue hacerse entender lo suficiente como para detener el coche y bajarse. Camina, serpenteante, a tientas en la oscuridad, de regreso al punto de partida. Debe encontrar a su hijo. La arteria principal de la ciudad, muy concurrida, se vacía a su paso. Se cierran las tiendas, la gente se escabulle en el interior de los portales, se apagan todas las luces. La ciudad queda desierta. Las tinieblas se adueñan de ella. Está solo. En medio de la nada. Intenta telefonear. Los números se desvanecen, según los marca, de la pantalla del móvil.

Thomas se despierta sobresaltado. Aún no ha amanecido. Mira el reloj de la mesilla. Son las seis y seis minutos. Dobló la dosis de Lorazepam al acostarse, tal y como le había dicho el médico que hiciera si se notaba nervioso, pero no ha logrado conciliar bien el sueño en toda la noche. Ha dado vueltas en la cama. En duermevela. Sin despertarse del todo, pero sin caer tampoco en ningún momento en el sueño profundo al que lo tienen acostumbrado las pastillas. Y ahora la pesadilla lo ha desvelado por completo.

La recuerda con angustia. Se arropa con la sábana y espera, sin moverse, hasta que una luz muy tenue, blanca, apenas perceptible, anuncia el alba. La proximidad del nuevo día lo alivia. Se levanta de la cama, se pone el bañador y sale a la terraza. El sol surge por encima del mar y tiñe de rojo intenso el cielo y la piscina. La toalla aún está húmeda. No debió dejarla fuera toda la noche. Mientras la dobla, se acuerda de la caja. Una caja grande, de madera basta, oscurecida por el tiempo, con dos gruesas asas de cuerda trenzada, que guardaba su padre en el armario de su habitación. En el cajón de arriba. A la derecha. Hace años que no pensaba en ella. Le vuelve a la memoria la inscripción impresa en la tapa en grandes letras negras, FLAK. Y debajo, en caracteres más pequeños, NICHT WERFEN. A veces, su padre sacaba la caja del armario, la abría y observaba con atención su contenido. Thomas se acomodaba en sus rodillas y escudriñaba también él, absorto, el interior de la caja. Sólo tenía permitido mirar. No podía tocar nada. Una vez, siendo aún muy pequeño, metió, en un descuido de su padre, la mano dentro. Sin llegar a coger nada. Fue la única ocasión en que lo vio enfadado de verdad. Nunca volvió a intentarlo. Ni siquiera cuando su padre murió. En los años que siguieron, a menudo abría el cajón de arriba, a la derecha, del armario. Miraba la caja, leía la inscripción, FLAK. Y debajo, NICHT WERFEN. Pero no la tocaba. Un día la caja desapareció. Lo más probable es que su madre la tirara. Jamás se lo preguntó. Thomas todavía recuerda con precisión su contenido: una concha, un lapicero pequeño y fino, de color negro, con la punta gastada, una caja de cerillas de cerámica roja, una moneda roñosa con un agujero en el centro, una campanita y una cajita de hojalata diminuta, vacía, con un perro y un gramófono impresos en la tapa. Por detrás estaba escrito en inglés, en finas letras negras mayúsculas, 200 NEEDLES THE GRAMOPHONE. Su padre solía coger la cajita en la mano y leer el reverso en voz alta. Sin un motivo aparente. Había también una llavecita. Que él supiera, no abría ningún candado. Le sorprende recordar con tanta fidelidad todos aquellos objetos inútiles, pero no a su padre. Hace mucho tiempo que lo borró de la memoria. Se esfuerza por recuperar su imagen. Es una figura etérea. Casi un fantasma. Sólo recuerda con nitidez su mano. Con la cajita, diminuta, entre los dedos. Una mano grande y fuerte. Con gruesas venas azuladas en el dorso. Por la puerta que comunica la playa con el hotel, entra el monitor. Va en bañador y camiseta. Camina despacio, bordeando la piscina. Lo sigue con la mirada hasta que se adentra en la U que forma el edificio y sale de su campo de visión. 200 NEEDLES THE GRAMOPHONE, estaba escrito en el reverso de la cajita. Su padre lo leía en voz alta. Sin un motivo aparente. A continuación, limpiaba la cajita con la manga del jersey, la chaqueta del pijama o la camisa, según lo que llevara puesto en ese momento, como si quisiera borrar de su superficie la huella de los dedos, y la volvía a meter, con mucho cuidado, dentro de la caja grande. Durante un segundo, ambos observaban, absortos, todos los objetos, hasta que, de improviso, con un ademán brusco, su padre echaba la tapa y guardaba de nuevo la caja en el armario. En el cajón de arriba. A la derecha. Luego le cogía de la mano y salían juntos del dormitorio. De pronto, el vértigo se adueña de él. Siente el frío del metal de la barandilla en el vientre. Está pegado a los barrotes y su cuerpo se inclina, de forma peligrosa, hacia afuera. Se echa hacia atrás bruscamente. Se agarra con fuerza al pasamanos. 200 NEEDLES THE GRAMOPHONE. Era una mano grande. Fuerte. Con gruesas venas azuladas. Que cubría por entero la suya. Thomas suelta la barandilla, como si quemara. Retrocede unos pasos. Se queda inmóvil, perdido en medio de la terraza, mirándose las manos abiertas. Después vuelve al interior del dormitorio. Siente pánico.

LOS HÉROES NO PUEDEN EQUIVOCARSE

MIGUEL NOGUÉS

No es Superman ni Clark Kent. Es sólo un miserable. Un miserable y un gilipollas. Y su estupidez lo perseguirá toda la vida. Eso fue lo primero que pensó. En lo miserable e imbécil que era. Después pensó más cosas. Pensó en acabar con todo de una vez, en quitarse de en medio para siempre. Matarse. Sí. Pensó en matarse. Echarse al mar y nadar hasta agotar las fuerzas y ahogarse o comprar una cuerda en el pueblo y colgarse en el mismo vestuario donde lo había hecho. Pero no fue capaz. No era capaz. No es Superman, ni siquiera Clark Kent, es sólo un cobarde. También lo pensó. Un miserable imbécil cobarde. Lo pensó mientras huía a la carrera del hotel. Lo pensó al dejar la puerta del vestuario abierta y cuando corría y corría hasta alcanzar la playa, y también lo pensó mientras seguía corriendo, a oscuras, por la playa, tropezando con las piedras, cayendo y levantándose. No dejó de pensar un instante en lo cobarde que era hasta que se encontró en la charca y se ocultó entre los juncos. Desde ahí oía el sonido del mar. Rugía muy cerca. Y el rumor de la brisa. Del hotel no llegaba nada. Ni un ruido. Ni una voz. El rugido del mar y el silencio del hotel lo intranquilizaban. No se atrevía a salir. Ni a moverse. Temblaba como una hoja oculto entre los juncos. Esperó horas sin hacer el menor movimiento. Esperó horas sin poder apartar de su cabeza lo que había hecho. Esperó horas sin dejar de pensar en por qué lo había hecho. ¿Por qué lo hizo? ¿Por qué? Qué imbécil. Qué gilipollas había sido. Y volvía a ver su espalda ancha y dorada, sus hombros redondos, desnudos, surcados por los finos tirantes de la camiseta, y su culito respingón embutido en esa faldita tan corta. Y volvía a desearla. Con locura. Como nunca había deseado a ninguna otra. Recordaba su sonrisa. La que le dirigía cuando le preguntaba si quería tomar una copa a medias. Una copa a medias. La misma sonrisa que le dirigió cuando se volvió hacia él después de que le tocara el hombro. ¿Por qué lo hizo?, le obsesiona. Se lo repetía una y otra vez, ¿por qué? ¿Por qué lo hizo?, se lo repite tanto que se amodorra como cuando de niño en la cama su abuela le hacía contar ovejas. Se duerme. Con sueño inquieto. Recostado entre los juncos. La arena se le mete en la boca, le hace cosquillas en la cara. Los juncos se le clavan en las costillas. Se despierta sobresaltado. Se incorpora. Se siente confuso. Perdido en la oscuridad de la noche. En el cielo brilla la luna llena. Redonda y roja. Se acuerda de sus labios. Los dos mojando los labios en la misma copa. Sus labios. Carnosos y suaves. Ahora sabe lo suaves y carnosos que son sus labios. Los ha probado. Y el sabor de su sangre. Los ha mordido. Ha mordido sus labios y ha probado su sangre. ¿Por qué lo hizo?, se repite. Una y otra vez se pregunta ¿por qué? Pensó que quería. Eso es. Ella quería. Estaba ahí. Esperándolo. Le puso la mano en el hombro. Y se volvió. Con su sonrisa. ¿Una copa a medias? Esa sonrisa. Era una invitación. A tocarla. A besarla. Lo invitaba. Ella quería. Incluso cuando dijo que no. Quería. Era un juego. Sólo era un juego. Le gustaba. Que él buscara borrarle la sonrisa. Que la forzara. Le gustaba. Por eso se debatía y gritaba cuando la obligó a estar debajo de él. Jugaba. Está incomodo entre los juncos húmedos. Intenta apartarlos. Busca postura. Se mueve desazonado. Vuelve a dormirse. A despertarse. Debería salir de ahí. Ir al pueblo. Entregarse a la policía. Dejar la responsabilidad en sus manos. Dejar su estúpida vida en manos de la policía. Le alivia pensarlo. Contar lo que ha hecho. Confesar y pagar por lo que ha hecho. Le asusta pensarlo. Tendría que sentirse culpable. Por lo que ha hecho. Pero no es culpable. Ella quería. Le tocó el hombro. Se volvió. Y le sonrió. Era una invitación. Se acuerda de su padre. Siempre insistía en que estudiara, para no tener que pasarse la vida haciendo turnos en un taller como él. Se acuerda de su padre sentado en el sofá, mano sobre mano, todas las tardes. Se acuerda de su padre con desasosiego, ¿qué va a decirle? ¿Y su madre?, todo el día trabajando en el autobús escolar, aguantando a un montón de críos maleducados para poder meterle unos euros en el bolsillo y que disfrute con los amigos. No va a darle semejante disgusto a su madre. ¿Y qué pensará su novia cuando se entere? No puede evitar mirar con angustia la pulsera de plata con su nombre grabado que le regaló por su aniversario y que no se ha quitado de la muñeca desde entonces. Seguro que lo deja. Lo asalta el temor. No puede perderla. La quiere. Sólo a ella. Se lo dirá. Le dirá que no fue culpa suya. Fue esa puta. Sólo la quiere a ella. Se lo promete. Fue esa puta. No paraba de provocarlo. Puta. Puta. Se avergüenza. Por un segundo se avergüenza. Pero es sólo por un segundo. Como en el colegio, cuando se unía al grupo de los populares y participaba de sus bromas crueles. También entonces sentía, a veces, la punzada del remordimiento. Durante un segundo. Pero enseguida se le pasaba, como ahora. Era sólo un segundo. Como ahora. Dormita a ratos. Se despierta sobresaltado. Siempre la misma pregunta rondándole la cabeza, ¿por qué, ¿por qué?, ¿por qué? Hasta que empieza a amanecer y se despierta del todo y no sabe si ha dormido unos minutos o varios días. Entonces, cuando sobre el mar se vislumbra una claridad gris, un ligero anuncio del día que se acerca, lo ve claro. No le va a arruinar la vida una puta. Y sale de entre los juncos. Se pone de pie. Se sacude la ropa.

Se quita las sandalias y las vacía de arena. Mientras vuelve a ponérselas, aún tiene un momento de debilidad. Piensa en pedirle perdón. En rogarle que no lo cuente. Se humillará ante ella. De rodillas, si hace falta. Perdóname, le dirá. No se lo cuentes a nadie. No volverá a pasar. Nunca. No ha sido más que un error, una tontería, le dirá. Perdóname, por favor. El cielo enrojece detrás del mar. Se recompone. No. Esa puta no lo perdonará. Le arruinará la vida. La aborrece. Puta. No va a permitir que le arruine la vida. Comienza a andar por las piedras en dirección al hotel. No la violó. Ella quería. Ahora, de día, lo ve claro. Él no hizo nada. Era ella la que quería. Eso fue lo que pasó. Ella quería y él pensó en su novia. Pensó en su novia y se arrepintió. Entonces ella se enfadó. Se enfadó muchísimo. Además estaba borracha, se habían tomado unas copas a medias. Hasta intentó pegarle. Un hilo de sangre corre por la comisura de los labios de ella hacia la barbilla. Lo invade la cólera. No logra olvidarse de sus labios. Ella se enfadó. Se enfadó muchísimo. Quiso pegarle. Él se fue. La dejo allí. Sola. No ha hecho nada. No hizo nada. Y lo que hizo fue porque ella quería. Lo provocó. Luego se acordó de su novia y se marchó. Ella se puso furiosa. Que la rechazara la puso furiosa. Y además estaba borracha. Borracha como una cuba. Por eso miente ahora. No es más que una mentirosa y una puta. Puta. Bien lo sabe él. Y todo el hotel. Que es una puta. Que intenta tirarse a los clientes. Tan amable siempre, con esas falditas y esos escotes, persiguiendo a los guiris para que jueguen con ella a la petanca. Y a otras cosas. También juegan a otras cosas. La odia. Desea abofetearla. Si la tuviera delante la abofetearía. Pasa, fugaz, por su cabeza, la imagen del rostro aterrado de ella del que acaba de arrancar la sonrisa de una bofetada. El sol sobrepasa ya el mar. Se alza, rojo, en el cielo. Se siente cada vez mejor. Más seguro. Irá a su habitación. Se dará una ducha. Y volverá a la rutina. A lo de todos los días. Eso lo tranquiliza. No ha sucedido nada. Hoy es un día como otro cualquiera. Como todos.

Pasa junto al chiringuito de la piscina, saluda a Miriam con un gesto rápido, bordea los sofás blancos donde nunca se sienta nadie y entra en recepción.

Piensa
«Es su palabra contra la mía. A ver cuál vale más. Mi palabra o la de esa puta».

Se cruza con los primeros clientes que bajan a desayunar y los saluda con una sonrisa cordial.

Piensa
«A ver cuál vale más. Su palabra o la mía. Puta».

Y ya no piensa nada más.

HOTEL SOLYMAR
BAR-CHIRINGUITO

MIRIAM ABAD

El sol asoma tras el mar y se alza en el cielo sin necesidad de una escalera, así le explicaba su madre el amanecer cuando era pequeña. Miriam da el primer sorbo al café recién hecho. Aspira su aroma con placer. Le gusta ese momento del día. Sola, sin haberse librado aún del todo de las garras del sueño, se deja llevar por la modorra, el frescor de la mañana recién nacida, el calor de un sol que todavía no calienta, el silencio y el café. Da otro sorbo, rápido, de la taza y la deja sobre la barra con brusquedad. Alguien entra desde la playa al hotel. Es Miguel, el animador, ahora puede verlo bien. Bordea la piscina y va hacia ella. Lo observa seria. A la defensiva. Espera no tener que charlar con él, la cabrea hablar antes de acabar el desayuno. Tiene mala cara. Está despeinado y lleva la ropa arrugada. Su aspecto es de no haber dormido gran cosa. Miriam sonríe para sí. Le hace gracia imaginarlo de juerga toda la noche. No le pega nada. Es un soso. Pero quién sabe, igual las mata callando. Lo mira con renovado interés. Miguel pasa como un fantasma a su lado. Rehúye su mirada, lo que le hace parecer todavía más culpable, y la saluda con un leve gesto de cabeza. Ella responde sacudiendo la mano en el aire con una enorme sonrisa. Tampoco está mal. Tiene su aquel. A ver si se lo trabaja. Lleva siglos sin echar un polvo. Lo observa hasta que desaparece detrás del sofá blanco, donde nadie se sienta nunca, camino de recepción. Después termina el café y pasa la bayeta por la barra. Se seca las manos en la bata del uniforme y nota el blíster de Orfidal dentro del bolsillo. Le está cogiendo gusto a drogar a los clientes. A veces tiene miedo de sí misma. A ver si un día hace una burrada. Pero el botiquín de Laura es una tentación tan grande. Y fácil. Al pensar en Laura, siente una cierta inquietud que no sabría definir. Algo así como una punzada molesta en el pecho. Le vuelve a la cabeza su imagen cuando ha salido de la habitación. Dormía bocarriba, con las piernas encogidas y muy juntas, las rodillas mirando al techo, y se había tapado la cabeza con la sábana. La verdad es que era una postura un tanto extraña. Y pensándolo bien, tampoco fue normal lo de la noche. Cuando llegó de currar, estaba dentro de la ducha, con la puerta cerrada y había echado el pestillo. Su ropa se extendía desde la entrada de la habitación hasta el baño. Se durmió mecida por el sonido del agua. Se quedó sin lavarse los dientes y, lo que es peor, sin mear. La han despertado las ganas y ha tenido que correr para llegar a tiempo al váter. Miriam se sacude a Laura de la cabeza y vuelve a concentrarse en Miguel. El chaval no está mal. Nada mal. Aunque sea un soso. Decide entrarle esa misma noche. Podrían hacérselo en los vestuarios. La idea le pone un montón. Silba alegremente, imaginándolo, mientras atiende a los primeros clientes. Está de un humor excelente. Está de tan buen humor que se siente tentada de mandar a alguno de nuevo a la cama después del desayuno. Tal vez a ese pesado que suele echarse un chupito de ron en el café. Y toca excitada el blíster en el bolsillo.

EDIFICIO ACUAZUL. ASCENSOR / APARCAMIENTO. PASEO MARÍTIMO

TAMER AL-ZAHAR

Entran en el ascensor. Abdu pulsa el botón de la planta menos dos, donde está el aparcamiento del edificio. Ve su rostro, tenso y serio, en el espejo. No lo reconoce. Le tiemblan las manos. Intenta dominar el temblor. No hay vuelta atrás. Lo invade el pánico.

La puerta del aparcamiento se abre al exterior. Salen. A la luz. Al azul deslumbrante del cielo. A las palmeras verde brillante del Paseo Marítimo. Le castañean los dientes. El paseo se desliza. Corre. Se aleja. No hay vuelta atrás. De nuevo lo domina el pánico. Vomita en el suelo del coche. El café, negro y espeso, se extiende a sus pies. Le mancha las zapatillas. Abdu le aprieta el brazo. Sólo un instante. Deja de temblar. El paseo se precipita. Se aleja cada vez más deprisa. No hay vuelta atrás. El coche enfila la entrada del hotel Solymar.

LA PARTIDA

LAURA AMORÓS

Tiene el ojo izquierdo amoratado, la mejilla hinchada y un corte en la comisura de los labios. Lleva puesto un jersey azul, un pantalón vaquero y unas sandalias mal abrochadas. Camina rígida. De forma mecánica. Se protege el pecho con los brazos.

Al salir del hotel, un Ibiza verde oscuro está a punto de atropellarla. No se aparta. El coche frena bruscamente y da un volantazo para evitarla. Entra en el aparcamiento levantando una nube de polvo. Ella no se inmuta.

Se acerca el mediodía. El sol está cada vez más alto. Lo nota como una losa sobre la cabeza. Hace mucho calor. Suda y tiene frío al mismo tiempo. Tiembla.

Le pica el jersey. El calor hace que le pique el jersey. Pero no quiere quitárselo. Aprieta con fuerza los brazos cruzados sobre el pecho. No quiere quitárselo. Que no se lo quiten. El corazón le late rápido sólo de pensarlo. Siente pánico.

Tiene que llegar al pueblo. Alcanzar la cuesta. Recorrer dos kilómetros por la cuesta. Son dos kilómetros. Hasta el pueblo. Y luego, ¿qué? Le falta el aire.

Debería haberse quedado. No ha pasado nada. No siente nada. Bailar la danza del sol. Como si no hubiera pasado nada.

Entonces ve su cara. La de él. En su cabeza. Ve su cara. Acelera el paso. ¿Dónde está el pueblo? Tiene que llegar al pueblo. Camina cada vez más rápido.

Ha llamado a su madre. Lo recuerda. Pero cuando lo ha cogido, ha colgado. Sentía vergüenza. Estaba tan avergonzada que ha apagado el móvil. Ha colgado y lo ha apagado.

Cruza la carretera. Alcanza la cuesta. La sube pensando en lo estrecha que es. Casi no cabe. Estrecha y mal asfaltada. Le llega el olor de las adelfas. El perfume la asfixia. Querría apartarlas. Cada vez hace más calor. Se asfixia.

El sol sube en el cielo hacia su cenit. La hora de la danza del sol. Hoy no estará para bailarla. Le parece tremendo. Lo más tremendo que le ha pasado nunca. Se echa a llorar desconsolada. Siente un alivio inmenso.

Sube la cuesta llorando. A paso cada vez más rápido. Los brazos aún cruzados sobre el pecho. Tiene que llegar al pueblo.

Sube la cuesta cada vez más rápido. Los brazos aún cruzados sobre el pecho. Pero ya más flojos. Los afloja el llanto. Tiene que llegar al pueblo. Y denunciarlo.

EL ESPEJO DE ARQUÍMEDES

Los hombres son dos. Muy jóvenes. Van a cara descubierta. Han llegado en un Seat Ibiza color verde oscuro. Lo dejan en el aparcamiento. Entran en la recepción del hotel empuñando los Kalashnikov.

Disparan.

Los cuerpos caen.

CUERPO 1 Varón. 20-25 años. Posición sedente con tórax inclinado hacia delante. Camisa y pantalón negros. Tatuaje de ancla en el cuello. Levantamiento de la bóveda craneal por arma de fuego.

CUERPO 2 Varón. 60 años. Camisa blanca, corbata y pantalón negros. Posición decúbito dorsal. Múltiples heridas de bala en región facial y parotidea.

Disparan.

Caen.
Uno tras otro.

CUERPO 3 Mujer. 50 años. Posición decúbito ventral. Blusón amarillo y sandalias de goma azules. Bajo mano derecha, tarjeta-llave habitación 310. Heridas por arma de fuego en abdomen, tórax y extremidades inferiores.

Salen, disparando, al jardín. Pasan junto a dos sofás blancos en los que nunca se sienta nadie. Disparan. Cubriéndolos de salpicaduras rojas.

CUERPO 4 Varón. 52 años. Posición decúbito dorsal. Bañador bermuda rojo y camiseta con inscripción: STOP WARS. Orificio de entrada por bala en ojo izquierdo. Sin orificio de salida. Cartera con cincuenta euros, tarjeta Visa y documentación a nombre de Rubén Quirós Martínez.

Disparan.

Los cuerpos corren.
Tropiezan.
Se empujan.
Caen.

CUERPO 5 Varón. 2 años. Bañador azul pálido y manguitos con peces estampados. Posición decúbito lateral derecho. Cuatro heridas por arma de fuego. Una mortal de necesidad en pared izquierda del tórax.

CUERPO 6 Mujer. 33 años. Posición genupectoral con rotación craneal a la izquierda. Camiseta a rayas y pantalón vaquero corto. Dos orificios de bala con entrada por espalda alta derecha y uno de salida por hombro derecho. Bolsa de playa con pañal, pato de goma, tarjeta-llave número 520, móvil, doscientos euros y pasaporte vigente a nombre de Elisabeth Lewis Hill.

CUERPO 7 Varón. 62 años. Bañador azul. Polo beige. Cartera con tarjetas Mastercard y American Express, fotografía tamaño carné de un menor varón, llave magnética habitación 525 y documentación a nombre de Thomas Mücker Schmidt.

Heridas por arma de fuego en extremidades superiores, pecho y cabeza con gran pérdida de masa encefálica.

Disparan.

Disparan en el bar.

CUERPO 8 Mujer. 20 años. Posición decúbito lateral derecho. Herida con orificio de entrada en mejilla derecha y salida por zona occipital. Heridas en zona lateral derecha del cuello sin orificios de salida. Bata negra y delantal blanco. En bolsillo izquierdo blíster con veinte cápsulas de Orfidal.

CUERPO 9 Varón. 40-45 años. Bañador azul marca Diesel y camiseta con inscripción: I AM THE DANGER. Posición sedente con tronco flexionado a la izquierda. Orificios por arma de fuego en región infraclavicular con salida por zona axilar, sin salida en zona auricular y con entrada y salida en rodilla derecha. Riñonera con cuatrocientos euros, llave de coche, móvil y una carta de despido firmada por José Luis López de Munaiz, gerente, y Manuel Moscardó Treviño.

Disparan sobre las hamacas.

CUERPO 10 Varón. 5 años. Bañador dinosaurios. Manguitos de *Bob Esponja*. Orificio por arma de fuego con entrada en temporal derecho y salida en temporal izquierdo. Dos disparos en hombro derecho y abdomen. Posición decúbito lateral izquierdo.

CUERPO 11 Mujer. 40-45 años. Posición decúbito ventral. Bañador estampado y bata de playa fucsia. Bolsa con crema solar, diez euros en monedas, y tres revistas del corazón. Dos heridas de bala en cuello, una en brazo derecho, otra en pelvis, tres en pierna derecha y dos en pierna izquierda.

Es fácil alcanzarlos.
Disparan.
Como en un tiro al blanco.

CUERPO 12 Varón. 44 años. Posición sedente. Bañador bermuda a franjas rojas y verdes. Riñonera con tarjeta Visa, veinte euros, un juego de anzuelos y documentación a nombre de Antonio Moscardó Treviño. Proyectil único, con penetración por orificio nasal derecho.

CUERPO 13 Mujer. 35-40 años. Bikini morado con flores blancas y chanclas con gomas doradas. Bolso con tarjeta-llave número 109, encendedor Bic rojo, paquete de Marlboro, móvil y gafas de sol marca Ray-Ban. Posición decúbito dorsal. Dos disparos mortales de necesidad con entrada por la cavidad torácica izquierda.

En la piscina.
Disparan.

CUERPO 14 Varón. 25-30 años. Pantalón negro corto y camiseta Adidas azul. En muñeca derecha, pulsera con nombre grabado: Miguel. Posición decúbito lateral derecha. Cuatro orificios de bala en el pecho, uno en abdomen y seis en extremidades inferiores.

Van cayendo.

Caen.
Uno tras otro.

CUERPO 15 Mujer. 70 años. Bañador verde. Heridas de bala en hombro y antebrazo derechos. Causa probable de la muerte, ahogamiento.

CUERPO 16 Mujer. 15 años. Bikini rosa. Tatuaje mariposa en hombro izquierdo. Cadena con letra N al cuello. Destrucción de bóveda craneal por arma de fuego.

CUERPO 17 Niña 3 años. Bañador de *Hello Kitty* y flotador caballito de mar, pinchado por impacto de bala. Herida lateral izquierdo abdomen. Probable muerte por ahogamiento.

CUERPO 18 Varón. 7 años. Bañador de *Star Wars*. Dos orificios por disparos en bóveda craneal, abdomen y brazo izquierdo.

Disparan.
Caen.

CUERPO 19 Mujer. 13 años. Bikini amarillo volantes. Impactos por arma de fuego en región medio frontal y cuello con seccionamiento de la aorta.

Los cadáveres se amontonan.
El agua de la piscina se tiñe de rojo oscuro.

CUERPO 20 Varón. 15 años. Bañador bermuda azul. Piercing en trago oreja izquierda. Herida de bala con entrada por la parte posterior del cráneo y salida por la parte frontal. Probable causa de la muerte, ahogamiento.

CUERPO 21 Varón. 13 años. Bañador bermuda rojo. Un disparo en extremidad superior izquierda con orificio de entrada en lateral torácico izquierdo, y dos en la zona temporal izquierda. Sin orificios de salida.

Disparan.
Cuando ya nada se mueve.
Aún disparan.

TAMER

Ve cómo la niña, cubierta de sangre, se levanta tambaleante y sale corriendo hacia la playa. Lleva unos pantalones cortos azul marino, y ha perdido una chancleta. La apunta con el Kalashnikov. La tiene a tiro. Su pelo es oscuro. Le cae lacio sobre el delfín estampado en la camiseta. La tiene a tiro. No puede fallar. Presiona lentamente el gatillo.

Retira el dedo del gatillo. Baja el arma. Las sirenas suenan cada vez más cerca. Oye, nítidos, gritos desgarradores de dolor y de pánico. Lo último que ve antes de explosionar el cinturón es a Aisha, que sale a la playa y se pone a salvo. El agua de la piscina se transforma en un inmenso surtidor, golpea las palmeras enanas y arrastra con furia las tumbonas. Los balcones del primer piso se desploman sobre los sofás blancos y los cadáveres que se agolpan a su alrededor.

MIREIA

No es consciente de que está corriendo hasta que, de pronto, se detiene y se sienta en el suelo levantando una nube de polvo áspero y gris. No mira a su espalda, hacia el hotel. Ni al mar, delante de ella. Tampoco al terreno pedregoso, baldío y seco, que se extiende a su alrededor. Durante un segundo, fija los ojos con alarma en una lata oxidada que yace abandonada a unos metros, entre una maraña seca. El sol la hace brillar intensamente. Mireia levanta los ojos al cielo. Hacia la esfera amarilla. Siente su calor. Y la piel tirante de sangre reseca. No es su sangre, es la de alguien que le cayó encima antes de que pudiera levantarse y salir corriendo, porque ahora sabe que salió corriendo. Y sabe que quien cayó sobre ella fue su madre. Y recuerda a Héctor derrumbándose y los ojos negros, tristes y enajenados del chico que le disparó. Lo aleja de su cabeza. Mantiene la mirada fija en el círculo dorado. Puede verlo bien. No la deslumbra. Baila en el cielo, con ritmo lento, pausado. Se mueve a derecha e izquierda, tiembla y desciende muy despacio hacia la tierra, mientras a lo lejos, cada vez más lejos, resuenan gritos y sirenas. Mireia extiende los brazos al cielo. Y el sol la abraza.

AGRADECIMIENTOS

A Nagua Alba, Ohiana Goenaga y Santiago Alba Rico por sus imprescindibles comentarios.

A Friedrich Arnold, por dar voz en alemán a Thomas Mücker.

A Michelle Ortuno, mi traductora al francés, y a Hervé Graillat, por su hospitalidad en Mauvezin mientras escribía estas páginas.

ESTA EDICIÓN, PRIMERA,
DE «LA DANZA DEL SOL», DE ISABEL ALBA,
SE TERMINÓ DE IMPRIMIR EN
CAPELLADES EN EL MES
DE NOVIEMBRE
DEL AÑO
2018